KB097751

놈는 은옳믐

HELVEDESPRÆSTEN OG ANDRE SKRØNER
First published by Lademann Forlagsaktieselskab, 1977. © Jørn Riel & Gaïa Editions

Korea translation copyright © Yolimwon Publishing co., 2022
Korean edition was published by arrangement with Gaïa Editions through Sibylle
Books Literary Agency, Seoul

북극 허풍담 4

지옥의 사제

요른 릴 소설

지연리 옮김

열림원

|일러두기|

* 본문 중의 주석은 옮긴이주다.
* 인명, 지명 등 외국어의 우리말 표기는 국립국어원 외래어 표기법을 따르되,
  통용되는 일부 표기는 허용했다.

뭐든 하는 게 안 하는 것보다 나은 법이야.
언제나 그렇지.

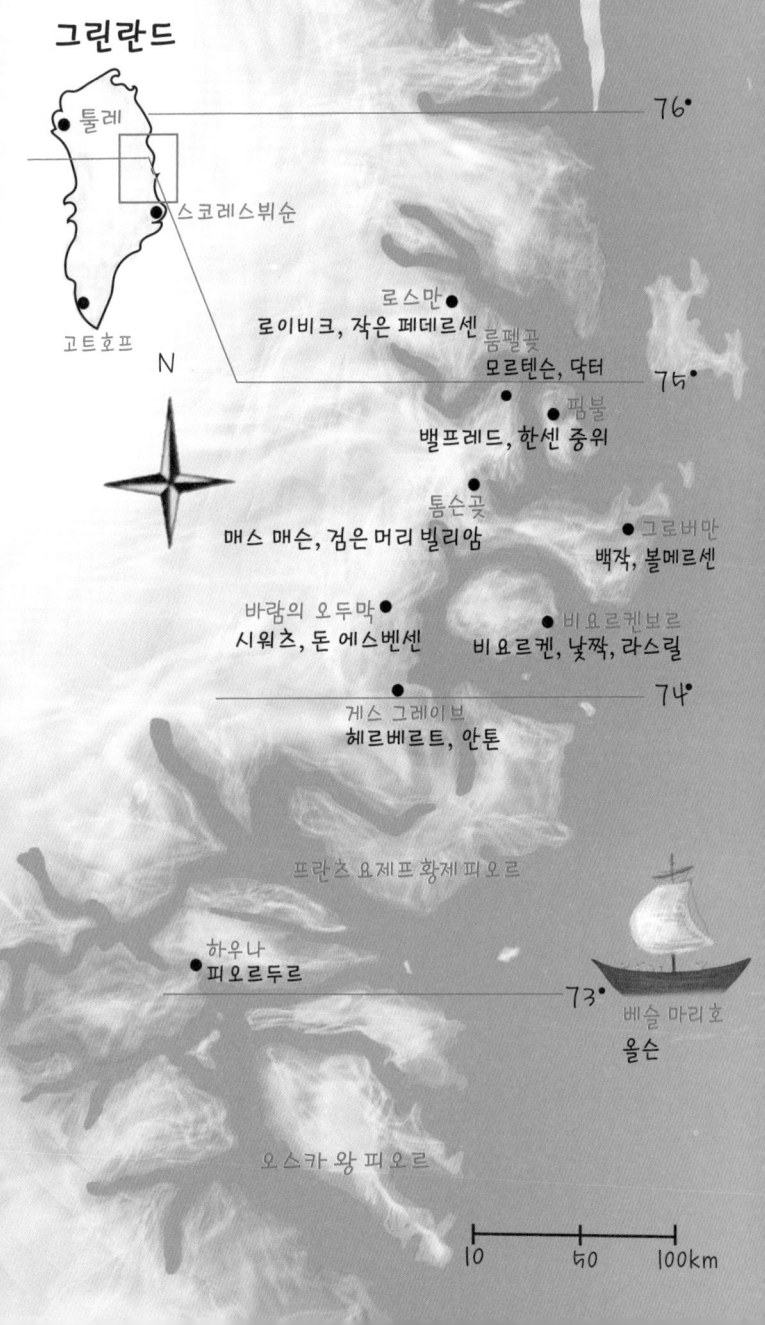

그린란드

툴레

스코레스뷔순

고트호프

N

76°

로스만 ●
로이비크, 작은 페데르센

룸펠곳
모르텐슨, 닥터

핌불

밸프레드, 한센 중위

75°

톰슨곶
매스 매슨, 검은 머리 빌리암

그로버만 ●
백작, 볼메르센

바람의 오두막 ●
시워츠, 돈 에스벤센

비요르켄보르
비요르켄, 낮짝, 라스릴

74°

게스 그레이브
헤르베르트, 안톤

프란츠 요제프 황제 피오르

하우나
피오르두르

73°

베슬 마리 호
올슨

오스카 왕 피오르

10   50   100km

잘 보존된 시체

—

모두를 놀라게 한 비요르켄의 완벽한
포장 기술

레우즈와 한센 중위가 기묘한 결투를 벌인 것이 1월
이었고, 그로부터 얼마 지나지 않아 레우즈는 총구를 입
에 쑤셔 넣은 채 자신의 인생에 종지부를 찍고 말았다.
전투에서 패했다는 불명예를 그는 견딜 수 없었으니, 비
요르켄의 말마따나 지난 시절 하늘을 찌를 듯했던 그의
기세가 이제는 다른 하늘로 떠나버린 것이었다.

이 안타까운 이야기는 무전기사 모르텐슨에 의해 코
펜하겐에 알려졌고, 사냥 회사 대표는 애도의 뜻을 표하
며 레우즈의 가족들에게 부고를 전달했다. 같은 달, 모

르텐슨은 회사 대표로부터 전보 한 통을 받았다. 가족들이 고인을 기독교의 땅에 묻고 절차에 따라 장례를 치르고 싶어 하니, 다음 배가 도착할 때까지 레우즈의 시신을 잘 보관해달라는 내용이었다.

작은 오두막 안에서는 열띤 논쟁이 벌어졌다. 그런 식으로 레우즈를 보내는 게 과연 그의 정신에 맞는 일일까? 그 친구는 연안을 통틀어 가장 뛰어난 인물로 모두의 경탄과 존경의 대상이 아니었던가.

매스 매슨은 핌불산 꼭대기에 거대한 바위 봉분을 만들자고 했다. 쇨레뢰드의 묘지에서 레우즈를 기다리는 손가락 열 마디 깊이의 부식층보다 그곳이 그의 묘소로 마땅하며, 더구나 경관에 있어서도 비교의 대상이 될 수 없다는 것이었다. 그러나 무전기사 모르텐슨의 의견은 달랐다. 그는 동양에서의 오랜 항해 경험을 토대로 인도식 화장의 우월성을 주장하며, 검은 천 조각 다섯 개와 히스 가지 몇 개만 있으면 자신이 얼마든지 이를 증명해 보일 수 있다고 했다.

비요르켄은 매스 매슨과 모르텐슨의 의견 모두에 강력한 지지를 표명했다. "레우즈는 정말이지 대단한 운명의 사나이였지. 말할 필요도 없이 자갈 아래서 편히 쉴 자격이 있어. 그게 아니라면, 모르텐슨 말마따나 북극의 폭풍이 절정에 치달을 때 그 유해가 흩뿌려지도록 해야 해. 원대하게 살았으니 죽어서도 잘 쉬어야지.” 그러나 변호사 볼메르센의 의견은 달랐다. 그에 따르면, 망자는 자신의 사후 처리에 관여할 권리가 없었다. 가족들이 시신을 돌려받고 싶어 하는 이상, 그들이 할 수 있는 건 회사 대표의 뜻에 따르는 것뿐이었다. 이에 비요르켄은 베슬 마리호가 처음으로 닿는 비요르켄보르로 레우즈를 옮기자고 제안하며, 자신이 책임지고 시신을 잘 보관하겠다고 말했다.

가족의 요구를 무시할 수는 없었으므로 일은 그렇게 진행되었다. 레우즈의 죽음에 간접적인 책임을 느끼고 있던 한센 중위가 자신의 썰매에 시신을 실어 핌불곶에서 비요르켄보르까지 옮겼다. 도착해서는 시신의 양털 덮개를 벗긴 채 묵념 의식이 거행되었고, 레우즈는 호밀 가루와 잡다한 물건을 보관하는 별채 오두막에 경건히 안치되었다.

레우즈를 가장 자주 보는 사람은 기지의 빵 담당인 라스릴이었다. 한 달에 두 번 호밀 가루를 가지러 별채 오두막에 가야 했던 그는 레우즈를 보고도 두려워하거나 당황하지 않았다. 어쨌든 그가 꽁꽁 얼어붙어 있는 동안에는 그랬다. 고인을 존경했던 라스릴은 양동이에 호밀 가루를 퍼 담으며 그에게 다정한 말을 건네는 일도 잊지 않았다.

곧 5월의 태양이 낮이고 밤이고 별채의 역청 입힌 판지를 노랗게 달구기 시작했다. 레우즈를 변모시킨 것이 바로 그 태양이었다. 라스릴은 깜짝 놀라 저도 모르게 시체를 향해 "잘 있었어요?"라고 인사를 건네고 말았다. 레우즈가 눈을 크게 뜬 채 그를 올려다보고 있었던 것이다. 그로부터 2주가 지난 뒤 다시 갔을 때는 레우즈가 자신을 향해 호통을 치는 듯한 느낌을 받았다. 사실이야 어떻든, 그의 입이 목구멍 안쪽까지 보일 정도로 크게 열려 있었던 것이다. 라스릴은 아무렇지 않은 척하려고 애를 썼다. 심지어 봄 사냥이 참 잘됐다며 얘기까지 건네보려 했지만 단어들이 목에 걸려 나오지 않았다. 이윽고 그는 갑작스러운 공포에 사로잡혀 절반을 겨우 채운 양동이를 든 채 황급히 별채를 빠져나와 비요르켄에게 달려갔다.

"알겠어." 더듬더듬 나오는 라스릴의 말을 해독하고 비요르켄이 대답했다. "처음부터 이렇게 될 줄 알았어."

그의 말에 라스릴은 안도했다. 기지 대장은 별채 오두막에서 무슨 일이 벌어지고 있는지 이미 전부 알고 있는 눈치였다.

"레우즈가 압축 롤러처럼 커졌어요. 2주 전보다 훨씬 뚱뚱해졌고요. 어떻게 이런 일이 일어날 수 있죠?"

"녀석이 몰래 일어나서 호밀 가루를 퍼먹나 보지." 낮짝이 슬며시 대화에 끼어들었다.

"정말요?" 라스릴이 꺼림칙한 얼굴로 양동이에 담긴 호밀 가루를 내려다보고는 말을 이었다. "별채 오두막에 못 가겠어요. 비요르켄이 대신 가서 호밀 가루를 가져다주면 안 될까요? 무서워서 가고 싶지 않아요. 냄새는 또 얼마나 고약하게요."

비요르켄이 입술을 비죽거리며 목덜미에 난 털을 긁적였다.

"때가 온 것 같아."

"무슨 때?" 낮짝이 물었다.

"스타투 쿠오*를 바꾸어야 할 때야." 비요르켄이 대답했다. 지난해 베슬 마리호가 실어다 준 포켓용 달력과 외국어 사전 덕에 겨우내 그의 어휘와 표현력이 한층 풍부해진 터였다. 이제 그의 손은 셔츠 안으로 미끄러져

---

* statu quo. '현 상태' '원래의 상태'를 뜻하는 라틴어.

들어가 문신 예술가가 새겨준 돛대 세 개짜리 범선을 긁적이곤 가슴 사이로 전진해 나아가기 시작했다.

"방금 뭐라고 하셨어요?" 라스릴이 이해를 못 하고 다시 물었다.

"그러니까, 상태에 변화를 줄 때라는 얘기야. 레우즈를 이상적인 상태로 올슨에게 넘겨줄 수 있도록 녀석을 변신시킬 필요가 있어."

"변신시킨다고? 어떻게? 녀석은 죽었고, 죽은 사람은 안 변해." 낯짝이 반박했다.

"친구, 맞는 말이야." 비요르켄이 오랜 사냥 동료를 향해 너그럽게 고개를 끄덕였다. "그런데 네가 알아야 할 게 하나 있어. 그건 죽은 사람도 상태에 따라 다양하게 나뉜다는 점이지. 살아 있는 것처럼 말짱한 시신이 있는가 하면 부패해버리는 시신도 있거든."

"비요르켄, 부패가 무슨 뜻이에요?" 과학적인 이야기가 장황하게 이어지기를 기대하면서 라스릴이 물었다.

"아, 그러니까 부패란, 썩는다는 뜻이야. 시체가 썩으면 안팎으로 미생물이 번식하는데 레우즈가 지금 그 상태야. 썩어서 가스가 차고 미생물이 번식하기 시작한 거지."

"가스라고요? 그러면 위험한 거 아니에요?" 라스릴이 심각한 얼굴로 대장을 바라보았다. "가스는 중독을 일으키고…….”

“맞아, 가스란 덫처럼 위험하지. 미세한 틈으로도 새고, 중독을 일으키고, 폭발하는 날엔 큰 화재로 이어지니까.”

“허튼소리!” 낯짝이 발끈했다. “레우즈의 몸에 찬 가스 때문에 불이 날 일은 없어. 왜 그런 말도 안 되는 소리로 어린 친구한테 겁을 줘?”

비요르켄은 묘한 표정으로 낯짝을 바라보았다.

“저런, 그렇게 생각한다니 안됐군.”

“무슨 말이야?” 낯짝이 물었다.

“이 친구야, 내가 하고 싶은 말은 이거야. 지금 레우즈의 몸속에서 만들어지는 것들이 네 몸속에서도 늘 생성되어 활동하고 있다는 얘기지. 경우에 따라 너 역시 주위 사람들에게 재앙을 일으키잖아? 여기 이 어린 친구가 아마 산증인일걸.”

“예, 맞아요.” 라스릴이 힘차게 고개를 끄덕였다. 안전을 기하기 위해 언제나처럼 일단 비요르켄이 옳다고 인정한 뒤, 그는 이어서 궁금한 것을 물었다. “그런데 그게 어떻게 재앙이 되는 거죠?”

비요르켄은 의자 뒤로 몸을 젖히고 눈살을 찌푸린 채 라스릴을 바라보았다.

"자, 네가 낮짝의 엉덩이에 불붙인 양초를 갖다 댄다고 쳐봐. 그러면 특정 유출 부위에서 불꽃이 얼마나 크게 타오르는지 알게 될 거야. 그게 연쇄 폭발로 번질 때 내 팔뚝만큼이나 기다랗게 타오르는 불 막대기를 보고 놀라지 않을 수 없을걸. 그렇게 되면 낮짝이 내뿜는 가장 순수한 그 바람 또한 마찬가지로 쉽게 불이 붙는다는 결론에 도달하겠지."

낮짝은 할 말을 잃고 기지 대장을 쳐다보았다. 비요르켄의 말마따나 그의 창자는 매일같이 유독 물질을 생산해 배출하는 공장이었다.

비요르켄은 생각에 잠긴 채 손가락으로 앞니를 톡톡 두드렸다.

"물론 낮짝과 레우즈 사이에는 약간의 차이가 있지. 낮짝의 가스 배출 조절 장치는 멀쩡하지만, 별채 오두막의 저 친구는 그런 게 있어도 쓸모가 없거든. 말하자면, 앞뒤로 꽉 막혀 있다는 거야. 그래서 이제 우리는 좀 받아들이기 힘든 변화의 국면에 접어든 셈이지. 녀석이 더 이상 썩어 문드러지는 걸 막아야 해."

낮짝이 안경을 벗어 들고 닦기 시작했다.

"이 계절에? 곧 스물네 시간 내내 기온이 영상을 웃돌 텐데? 불가능해. 그럴 것 없이, 그냥 호밀 부대를 죄다 꺼내고 레우즈만 별채에 남겨두는 건 어떨까?" 근시로 침침한 눈을 껌벅이며 낮짝이 말했다. "오두막은 충분히 크잖아. 레우즈도 끝없이 부풀어 오르지는 않을 테고."

"맞는 말이야. 시체는 하나뿐이고, 부풀어봤자 오두막을 꽉 채우지도 않아. 그런데 저렇게 계속 부풀다가 만에 하나 터지기라도 하면 어떻게 될까? 아, 냄새에 대해서는 말하지 않을게."

비요르켄은 잠시 눈을 감은 채 허공에 대고 성호를 그었다. 라스릴은 더 얘기해달라는 듯 그를 바라보았고, 낮짝은 애처롭게도 최악의 상황을 상상하며 치를 떨었다. 잠시 후 비요르켄이 생각을 마친 듯 감았던 눈을 떴다. 어느새 그의 얼굴에는 옅은 미소가 드리워 있었다.

"자, 내가 그 변화의 연대기에 대해 설명해주지." 그는 이제 손가락을 차례차례 꼽으며 이야기를 이어갔다. "제일 먼저, 시체는 산성화 과정을 거쳐. 이미 4월 말부터 아무도 모르는 사이에 시작되었겠지. 다음 단계는 부패 과정인데, 오늘 라스릴이 본 게 바로 이 단계야. 6월 중순쯤 되면 아마 터지고 말 거야. 그런 뒤 7월에는 수축이 진행될 테고, 8월에서 9월 사이에 건조가 시작되겠지. 그러다가 10월이 되면 나무껍질처럼 뻣뻣하고 딱딱해질 거야."

"그럼 9월까지 그냥 내버려두면 되겠네." 낯짝이 결론을 내렸다. "그때쯤 올슨이 올 테니까. 안 그래?"

비요르켄은 생각에 잠긴 채 고개를 저었다.

"그 친구가 말라비틀어진 꼴로 가족들 앞에 나타나게 만들 수는 없지. 가엾은 레우즈가 황폐하고 초라한 모습에, 그것도 반쪽이 된 채로 돌아가야겠어? 그런 상태로 레우즈를 넘긴다는 건 말도 안 돼." 돛대 세 개짜리 범선이 평화롭게 항해를 이어가도록 내버려둔 채, 이제 비요르켄은 손가락으로 탁자 위에 놓인 쟁반을 두드렸다.

"곧바로 행동에 옮겨야 할 때야." 비요르켄이 확고한 태도로 선언했다. "지금은 좀 부어 있지만, 차라리 그 편이 나아. 쪼그라든 것보다는 잘 보존된 느낌을 주니까. 변화를 중단시키기에 알맞은 시기인 셈이지. 그래서 말인데, 지금 당장 소금을 쳐야겠어."

"그러면 가스는요?" 라스릴이 물었다. "소금을 치면 가스가 밖으로 나와요?"

"좋은 질문이야." 비요르켄이 다정한 눈으로 제자를 바라보았다. "그런데 불행히도 소금은 가스에 어떤 영향도 미치지 않아. 그래도 당장 미생물의 번식에 제동을 걸고 일종의 이뇨 작용을 할 수 있지. 그러니 당장 소금을 쳐야 해." 비요르켄은 만족스러운 듯 이 사이로 숨을 들이마셨다가 코담배 연기로 가득한 숨을 내뱉었다. 연기는 화덕 한가운데의 열판으로 퍼져나가다가 윙 소리와 함께 금세 불꽃 속으로 사라져버렸다. 그는 의자에서 일어나며 라스릴을 향해 말했다.

"지금 바로 시작하자. 라스릴, 넌 가서 소금 몇 자루만 가져와. 난 낮짝이랑 같이 쓸 만한 통을 찾아서 별채로 굴려 갈게."

레우즈는 부풀 대로 부풀어 있었다. 바지가 팽팽한 배를 억세게 졸라매고, 아이슬란드 스웨터는 심각하게 늘어나 그물코 안쪽의 회색 스웨터까지 다 들여다보일 지경이었다.

"그나마 괜찮은 타이밍에 온 것 같군."

비요르켄은 꽤나 애를 써서 레우즈의 몸을 꽉 조이고 있는 옷을 벗겼다.

"자, 친구, 지금부터 통에 얌전히 들어가 있어. 우리가 소금에 제대로 절여줄 테니까, 거기서 올슨을 기다리라고."

비요르켄이 코르크 따개를 이용해 통풍구를 만들자 가스가 천천히 레우즈의 몸을 떠났다. 라스릴은 담배 파이프의 재를 비워야 한다는 핑계로 멀찌감치 떨어져 이 광경을 지켜보았다.

"좋아." 비요르켄이 만족한 듯 손가락을 부딪쳐 딱 소리를 냈다. "이제 다시 네 모습을 되찾을 거야, 레우즈." 그는 레우즈의 공처럼 부푼 배를 눌러서 잔여 가스를 완전히 제거하며 말을 이었다. "파란 눈도 예쁘게 감자. 턱은 내가 끈으로 묶어주지. 자, 이렇게 하니 한결 낫군. 죽었을 때의 모습과 그리 다르지 않아."

사냥꾼 셋은 레우즈의 머리와 상반신을 한쪽 통에, 다리와 하반신은 다른 통에 집어넣었다. 그런 다음 소금으로 가득 채운 두 통을 서로 마주 물렸다. 낮짝이 좁다란 널판 여덟 개로 이루어진 두 통의 맞물린 부분에 밀랍 먹인 광목을 댄 다음 튼튼한 철사로 묶고, 마지막으로 운반하기 쉽도록 널판을 통 양쪽에 못질해 고정시켰다.

"다시 별채 오두막으로 옮겨둘까요?" 라스릴이 확인차 스승에게 물었다. 단단히 포장을 마쳤으니 이제 레우즈를 별채에 두어도 괜찮을 것 같았다.

비요르켄은 나무라는 듯한 시선으로 그를 지그시 바

라보았다.

"이렇게 상상력이 없어서야. 정말이지 딱한 마음을 금할 수가 없네." 그가 가볍게 웃고는 말을 이었다. "네가 쓸 만한 사냥꾼이 되었다는 건 나도 인정해. 하지만 새로운 상황이 닥치자마자 곧장 낡은 사고방식을 따르겠다고 애를 쓰니, 원. 넌 관습에 너무 의존하고 있어, 라스킬. 이제 거기서 벗어나야 한다고. 상상하고 행동하기, 상상하고 실천하기, 그게 바로 네가 해야 할 일이야."

비요르켄이 나무통 위에 걸터앉자 낮짝한 깊은 곳에서부터 나오는 근심 가득한 한숨을 내뱉었다.

"물론 네 말대로 레우즈를 별채 오두막에 다시 데려다놓을 수도 있겠지." 비요르켄이 말을 이었다. "소금에 절였으니 신선도도 유지될 테고. 하지만 다시 산화가 시작될 위험이 있어. 그럴 경우 우리의 모든 노력은 물거품으로 돌아가겠지." 그는 부츠를 신은 다리를 앞뒤로 흔들었다. "네가 내놓은 제안은 근본적으로 지난 방식하고 다를 게 없어. 역사의 어리석은 반복인 셈이지. 이를테면 인류사에 종지부를 찍을 전쟁을 선포하고, 총리가 재선되고, 여성의 사회적 지위가 아직도 이 모양에, 교회는 연약한 영혼들을 쥐락펴락하는 그런 일들 있잖아. 어떤 부류의 사람들에게는 별로 이상할 것도 없는 일들이지만 말이야. 이런 게 다 역사의 반복, 어리석은 반복이지. 넌 과거로부터 자유로워져야 해, 라스릴. 독창적이면서 새로워야 하고, 즉각적인 감에 따라 행동해야 한다고."

"뭔가 어렵네요." 라스릴은 이미 주눅이 잔뜩 들어 있었다.

"어렵지. 아기 때부터 배운 걸 전부 잊어야 하니까. 부모님한테서 물려받은 것, 학교에서 배운 것, 모국어는 물론 온갖 관념으로부터 해방되어야 해."

"염병, 그러다가는 머릿속에 남아나는 게 없겠군." 낮짝이 중얼거렸다.

"없지. 하지만 필요한 과정이야." 비요르켄이 대답했다. "싹 비워야 새로운 게 들어갈 공간이 생기는 법이지. 예를 하나 들어볼까? 이 통을 보라고. 다들 알 듯이 조금 전까지 난 테이블에 앉아서 이 모든 계획을 세웠어. 모든 과정이 거칠고 흐릿했지. 하지만 난 과거를 답습하려는 생각은 눈곱만큼도 않고 이 문제를 해결하기 시작했어. 오로지 즉각적인 감에만 충실히 의지해야 했지. 마치 눈 속에서 곰이 튀어나와 썰매로 달려들 때 반응하듯이 말이야. 그럴 땐 관념이고 뭐고 다 필요 없이 직감에 따라 행동하잖아."

"흠." 낮짝이 수염을 긁적였다. "그럼 지금은 뭘 해야 하는데?"

"얼음 창고." 비요르켄은 지체 없이 대답했다. "네가 묻는 순간 그게 떠올랐어."

"얼음 창고를 짓자고?" 낮짝은 불안에 휩싸여 대장을 바라보았다. "얼음을 깨는 게 얼마나 힘든데 그래?"

비요르켄은 고개를 흔들었다.

"멍청이, 뒤돌아서 저기 쭉 늘어선 냉장고들을 좀 보라고!"

낮짝과 라스릴은 고개를 돌려 피오르 쪽을 바라보았다. '아르투르의 숨씨'라는 이름이 붙은 암초들 사이로, 약 1미터 50센티미터 깊이로 박혀 있는 얼음덩이와 빙산들이 눈에 들어왔다.

"어때, 완벽하지?" 비요르켄이 자리에서 일어나 고개를 끄덕였다. "저 빙산 중에 적당한 게 있을 거야. 라스릴은 가서 화약통 좀 찾아봐. 심지도 한 10미터쯤 되는 걸로 준비하고. 참, 밧줄도 필요해. 그동안 나는 낮짝이랑 알맞은 빙산을 찾아볼게."

처음 발견한 빙산은 탈락이었다. 사면이 15미터에 이르는 반듯한 정육면체 형태라 기어오르는 것조차 불가능해 보였다. 두 번째 빙산은 피오르에서 멀지 않은 곳에 있었는데, 그것 역시 불합격이었다. 수월하게 올라갈 수 있을 듯 보였지만 적당한 크기의 얼음 구멍이나 균열이 없는 데다 온통 흙과 모래로 뒤덮여 있다며 비요르켄이 반대했다. 레우즈의 깔끔한 성격과 도무지 어울리지 않는다는 것이 그의 주장이었다.

세 번째 빙산은 폭도 높이도 적당했다. 비요르켄과 낮짝은 서로 도와가며 빙산을 올랐고, 정상 한가운데 얼음이 녹으며 만들어진 작은 웅덩이의 가장자리에 다다랐다. 비요르켄은 매끈한 표면에서 빙산 안쪽으로 이어지는 검은 균열 부위를 발견해냈다.

"낮짝, 적당한 균열이 있어. 안을 조금만 더 넓히면 레우즈를 넣을 수 있겠어."

그가 크레바스 안으로 팔을 집어넣어서 깊이를 가늠했다.

"팔이 안 닿는 걸 보니까 꽤 깊은가 봐."

이어 비요르켄은 균열에 입을 대고 악을 써서 소리를 울려보았다.

"4미터 조금 더 되는 것 같아." 그가 말했다.

"그걸 어떻게 알아?" 낮짝이 물었다.

"그건 말이지, 내가 소리의 속도를 고려해서 고함이

되돌아오는 시간을 계산했거든." 비요르켄이 현학적인 표정으로 대답했다. "그 결과가 4미터 안팎으로 나온 거지."

"염병." 낮짝은 고개를 절레절레 내저었다.

빙산 저 아래로 화약통을 등에 메고 허둥지둥 달려오는 라스릴의 모습이 보였다. 비요르켄이 균열에 대고 악쓰는 소리를 빨리 오라는 말로 착각한 모양이었다.

라스릴이 도착하자 비요르켄은 화약을 꺼내 균열 부위에 차례차례 넣었다. 이어 친구들을 안전한 곳으로 피신시킨 다음, 심지를 펴고 성냥에 불을 붙인 뒤 자신도 잽싸게 몸을 피했다.

그가 낮짝과 라스릴이 있는 곳에 간신히 다다랐을 때 폭발이 일어났다. 그들은 고개를 내밀어 틈새가 있던 곳에 생긴 거대한 구멍을 확인하고, 그 속에서 불꽃과 얼음 조각이 솟구치는 모습을 구경했다.

"우와! 멋진데요!" 라스릴이 감탄해서 탄성을 내질렀다.

"이런 예술이 또 없지." 비요르켄이 맞장구를 쳤다. "이제 끝났나 보군. 가자."

균열의 내부는 상당히 넓어져 있었다. 비요르켄의 계산대로라면, 레우즈가 든 나무통을 넣기에 더 이상 완벽

할 수 없는 크기였다.

"통은 내일 아침 일찍 들여놓자고. 해가 직각으로 떨어져야 안이 훤히 보이지 않겠어?" 비요르켄은 고된 노동으로 뻣뻣해진 허리를 쭉 폈다. "자, 이제 오늘의 임무를 모두 완수했으니 저녁 식사 때 화주를 좀 더 마실 자격이 생긴 셈이지?" 그가 활짝 웃으며 친구들을 바라보았다.

이튿날 아침, 계획대로 레우즈는 임시 묘소에 안치되었다. 비요르켄보르 사람들은 레우즈를 썰매에 실어 빙산까지 운반한 뒤, 도르래를 사용해 균열 지점으로 올린 다음 신중을 기해 그 안쪽에 내려놓았다. 이어 웅덩이의 투명한 얼음덩이를 큼지막하게 잘라다가 균열 입구를 봉인했다. 이렇게 일을 마친 그들은 곡괭이, 널빤지, 얼음도끼와 빈 화약통을 썰매에 싣고서 기지로 돌아갔다.

어느새 5월이 가고 6월이, 다시 6월이 가고 7월이 되었다. 봄이 어찌나 빨리 지나가버리는지 쫓아가기도 벅찰 지경이었다. 바야흐로 바다표범 낚시가 한창인 계절이었다. 오리와 기러기들은 마치 사냥꾼들에게 잡아달라고 애원하듯 얼음을 스치며 낮게 날아다녔다.

7월 중순에는 벌써 이듬해 먹을 고기까지 별채 오두막에 비축되었다. 해체된 바다표범은 길게 썰려 양지바른 바위에 널린 채 말라갔고, 조류는 이미 모두의 배 속으로 들어간 상태였으며, 개들에게 먹일 상어 또한 건조되어 차곡차곡 쟁여졌다. 그해 수확한 여우 가죽들은 냄새도 빼고 표백도 시킬 겸 햇볕에 매달아두었고, 보트도 손질하고 수리한 뒤 페인트칠까지 새로 해놓았으니, 이제는 단단한 얼음이 녹아서 피오르의 물이 자유로워질 날만 기다리면 되었다.

이어 궂은 날씨가 시작되었다. 높새바람이 얼음으로 뒤덮인 대륙에 몰아쳤다. 처음에는 렌틸콩만큼 작았던 구름이 서쪽으로 이동하며 걷잡을 수 없는 속도로 몸집을 불리기 시작했다.

비요르겐보르의 사냥꾼들은 건조 중이던 여우 가죽을 거두고, 바람에 날아갈지 모를 물건들은 밧줄로 단단히 동여맸다. 그러고는 지옥의 대참사가 닥치기 직전에 서둘러 집 안으로 몸을 피했다. 곧이어 폭우를 동반한 돌풍이 모질게 지붕을 후려쳤다. 거대한 바위산도 흔들 기세였다.

"잘 버텨주겠죠?" 삐걱대는 서까래와 시계추처럼 흔

들리는 전구를 올려다보며 라스릴이 걱정스레 물었다.

"하하하, 버텨주겠냐고?" 무릎을 꿇고 식탁 다리에 못질을 하던 비요르켄이 껄껄 웃으며 대답했다. "이 친구야, 이 집에 있는 걸 다 만든 사람이 바로 나라는 걸 잊었어?" 그는 식탁을 좌우로 흔들며 자랑스레 말을 이었다. "마음 놔. 이 집은 모든 걸 견뎌냈어. 이 정도 꼬마 폭풍에 비요르켄보르가 쓰러진다니, 어림도 없지."

그의 말대로 비요르켄보르는 잘 버텼다. 바람의 일격에 집이 통째로 흔들리며 여기저기서 삐그덕대고 유리가 덜그럭거렸지만 용케 무너지지 않았다. 라스릴은 잠을 설쳤다. 새벽녘에야 바람이 잦아들기 시작해 비요르켄과 라스릴은 숙면을 취했고, 모두가 잠에서 깰 즈음에는 모든 것이 다시 고요 속으로 돌아가 있었다.

비요르켄은 침대에서 나와 창밖을 내다보았다. 얼음은 이제 보이지 않았다. 그의 시야가 미치는 범위 내에는 바다에 아무것도 없었다.

"자, 보라고. 내가 뭐랬어?" 그가 흡족한 얼굴로 양쪽 손바닥을 비볐다. "톰슨곶으로 나들이나 잠깐 다녀올까? 어때?"

낮짝이 고개를 끄덕이며 마지못해 창밖을 내다보는 시늉을 했다. 사실 그의 눈에는 100미터 앞에 뒤집혀 있는 보트조차 보이지 않았다.

구경거리를 좋아하는 라스릴은 유리창에 코를 바짝 갖다 붙였다. 아무것도 없는 바다를 보는 건 여덟 달 만에 처음이었다.

"비요르켄!" 갑자기 그가 소리를 질렀다.

"왜?"

"그, 레우즈가 있던 빙산 말이에요."

"응, 그게 왜?"

"없는데요."

"뭐?" 비요르켄이 다시 창가로 달려가 밖을 살폈다. "제기랄! 레우즈 이 썩을 놈이 대체 어디로 사라진 거야?"

낮짝의 눈이 동그래졌다. 당연한 일이지만, 그의 눈에도 레우즈의 빙산은 보이지 않았다.

"믿을 수가 없군." 그 역시 입을 다물지 못했다. "2년 전부터 저기 있던 빙산인데, 어디로 갔지? 누가 훔쳐 간 거 아냐?"

비요르켄이 사납게 그를 노려보았다.

"빌어먹을, 그게 말이 된다고 생각해?" 그러곤 침대 아래 두었던 트렁크에서 방수복을 꺼내며 소리쳤다. "옷들 입어! 당장 나가야 해!"

"지금 매스 매슨한테 가자고요?" 놀란 얼굴로 라스

릴이 물었다.

"멍청한 놈! 거길 왜 가?" 비요르켄이 내뱉었다. "올
슨이 도착하기 전에 레우즈를 찾아와야 할 거 아냐!"

그는 이를 꽉 물고 긴 장화를 꺼내 허벅지까지 끌어
올렸다.

"레우즈를 찾기 전까지 톰슨곶 나들이는 없는 줄 알
아!"

세 사람은 동쪽 바다와 북쪽 바다, 남쪽 바다를 항
해하며 사라진 레우즈의 빙산을 찾았다. 수색을 하는
동안 몇 차례 비슷한 빙산을 발견했지만, 가까이 가는
족족 다른 빙산이라는 사실이 밝혀졌다. 봉바섬 북쪽에
서는 빙하에 막혀 극도의 추위와 거센 해풍에 시달리며
나흘 동안 발이 묶였다. 지쳐 포기할 만도 했지만, 비요
르켄의 근성은 실로 대단했다. 그는 어떻게든 레우즈의
시신을 찾아 잘 보존된 상태로 가족들에게 전해줄 작정
이었다.

몇 주에 걸친 탐사가 허사로 돌아가자, 마침내 그들
은 매스 매슨의 기지로 내려가 도움을 요청했다. 그리고
헤르베르트와 안톤, 로이비크, 피오르두르, 밸프레드,
한센 중위에게도 레우즈의 실종을 알렸다.

배를 마중 나온 사람이 한 명도 보이지 않아 올슨은 깜짝 놀랐다. 정박하는 곳마다 텅 비어 있는 데다, 화덕의 불은 꺼져 있고, 보트도 보이지 않았다. 그린란드 북동부 주민 모두가 그린란드의 바다 위에서 암초와 싸우며 레우즈를 찾고 있었던 것이다.

올슨은 잠시 망설이다가 만조 때보다도 물이 깊어져 마지막 종착지로 알맞게 된 비요르켄보르에 보급품을 내렸다. 하역을 마친 뒤에는 혹시나 하는 마음에 안개 고동을 몇 차례 불고 조명탄도 쏘아 올렸지만 사냥꾼들은 그림자도 보이지 않았다. 그는 결국 체념하고 출항 준비를 서둘렀다. 스코레스뷔순에 가서 화물을 싣고 승객을 태워야 했다.

8월이 다 가도록 사냥꾼들은 북위 73도와 77도 사이의 바다를 샅샅이 뒤졌다. 허사였다. 비요르켄의 부탁으로 무전기사 모르텐순이 스코레스뷔순의 동료에게 전보를 쳤다. 실종된 빙산에 대해 세세하게 전달받은 그 동료는 비요르켄이 비용을 부담한다는 조건으로 그린란드 동쪽의 원주민 세 사람을 파견해 토빈곶에 감시를 세웠다. 레우즈 없이 올슨 앞에 서느니, 1년간 사냥으로 얻은 포획물을 모두 날리는 편이 낫다는 게 비요르켄의 생각이었다.

그러나 레우즈는 정말로 사라졌다. 그는 거대한 빙산 속에 극진히 모셔진 채 토빈곶에서 1킬로미터쯤 떨어진 지점을 평화롭게 항해하고 있었다. 철통 같은 감시를 약속했던 원주민들은 그 순간 일각돌고래를 사냥하느라 너무 바빴다. 바다 깊이 잠긴 빙산의 거대한 하반신과 꺽다리 같은 상체는 블로스빌해안을 우회한 뒤, 하루 평균 15킬로미터의 속도로 아마살리크 지역에서 덴마크 해협으로 유유히 내려가, 가을이 깊어질 무렵에는 우마나크피오르의 암초에 무거운 발을 디디고 겨울 날 준비를 했다.

여름이 가는 동안 비요르켄은 완전히 딴사람이 되었다. 말수가 눈에 띄게 줄었고, 심하게 우울해했으며, 뭘 물어도 횡설수설 아무렇게나 대답했다. 과거의 권위는 온데간데없이 사라진 모습이었다.

제비꽃 다발처럼 보랏빛으로 변한 발가락을 오므린 채 올슨 앞에 서서 레우즈의 근황을 전하는 그의 태도는 더욱 가관이었다.

"뭐? 사라져?" 올슨이 으르렁댔다. "염병, 그게 무슨 소리야? 죽은 사람이 어떻게 사라져?"

"에, 그러니까, 그게…… 빙산과 같이 사라졌다고 할

수 있지……." 비요르켄이 우물거렸다. "한밤중이었고, 우린 자고 있었어. 바람이 얼마나 불었는지 몰라. 얼음이 죄다 떠내려갔다고."

올슨은 고개를 내저었다. 그린란드 동부를 항해한 이래 온갖 일을 겪었지만, 빙산과 함께 달아난 시체 이야기는 정말이지 처음이었다.

"알았어. 그럼 이제 아랫동네에 소식을 전해야겠군. 뭐, 더 할 말은 없고?"

올슨 선장의 물음에 비요르켄이 기어들어가는 목소리로 대답했다.

"시체는 괜찮을 거야. 정말이야. 우리가 소금에 잘 절여놓았거든."

올슨은 잇새의 파이프를 꽉 깨물었다. 낮짝은 선장과 눈이 마주치자 기지 대장을 지지하는 뜻으로 고개를 크게 끄덕였고, 라스릴은 소처럼 웃기만 했다.

"좋아, 사라졌다면 사라진 거지, 내가 뭐라고 하겠어." 그가 결론을 내렸다. "너희들도 한다고 했겠지."

이야기를 마무리 짓기 위해 이제 잠시 그린란드 밖으로 나가볼 필요가 있겠다.

미국 해안경비대의 보잉 중사로 말할 것 같으면, 당직

을 설 때만큼은 눈이 얼굴 밖으로 튀어나오는 사람이었다. 그는 조직의 모토, 즉 '셈페르 파라투스'*의 가르침을 문자 그대로 충실히 이행하였으며, 따라서 레우즈를 싣고 떠다니는 '이동식 냉장고'를 발견한 것도 그에게는 결코 우연일 수 없었다. 그는 적의 동태를 조심스레 살피고 있던 대위에게 이 사실을 보고했다.

"이쪽 위도에서는 보기 힘든 크기군." 대위는 부관들을 향해 말했다. "북위 45도 방향으로 항해하는 데 위험 요소가 될 수 있겠어. 어뢰 준비시켜."

길이 100여 미터에 이르는 쾌속선 캄페르호는 허점을 찾기 위해 빙산 주위를 몇 바퀴쯤 돌았다. 이내 대위가 빙산의 정상에서 시작해 물에 잠긴 부분까지 이어지는 커다란 균열을 발견하고는 포수에게 균열을 향해 어뢰를 발사하라고 명령했다. 하지만 빙산은 어뢰를 맞고도 살짝 기울고 갈라질 뿐, 침착하게 표류를 이어갔다.

"아직 덜 녹아서 그래." 대위가 좀 안다는 듯 부하들에게 설명했다. "십중팔구 생긴 지 몇 년 안 된 놈인 모양

—

* semper paratus. 언제고 준비되어 있다는 뜻의 라틴어.

이야. 때가 별로 안 탄 걸 보면 알 수 있지. 지금은 일단 조금 더 추적해서 정보를 보고하는 데 만족해야겠군.”

어뢰를 맞아 생긴 빙산 하부 구멍에서 빠져나온 두 개의 통을 보잉 중위가 발견하지 못한 것은 정말 이상한 일이었다. 아마도 그의 예리한 눈은 보다 중요하고 위험한 것만 볼 수 있는 모양이었다.

레우즈의 통은 뒤뚱거리며 물 위를 떠다니면서 몇 번인가 저 혼자 맴을 돌더니, 곧 균형을 잡아 빙산 뒤쪽의 차가운 래브라도 해류에 올라 천천히 표류하기 시작했다. 뉴펀들랜드 고지에 다다른 통은 멕시코만류를 만나는 바람에 정박에 실패하고 다시 광활한 동쪽을 향해 대항해를 이어갔고, 뉴욕 여행 사흘째 되던 날 마침내 트롤선을 만나 어부의 손에 붙잡히게 되었다. 호기심이 동한 어부들은 밀랍 먹인 광목을 벗긴 뒤 통을 분리했다. 그리고 소금에 절여진 우리의 레우즈를 본 순간 그들이 느낀 공포란!

‘통 살인 사건’은 곧 세계적인 뉴스가 되었다. 고딕체로 인쇄되어 가장 외딴 지역의 일간지 1면을 장식했고, 기자들은 저마다 상상력을 발휘하여 온갖 세부 사항들, 이를테면 살인자의 범행 동기는 무엇이었으며 그 은폐에 어떠한 기술이 동원되었는지를 상세히 기술했다. 희생자가 생전에 엄청난 저명인사였음은 의심의 여지도 없었다.

트론헤임에도 역시 통 살인 사건이 전해졌다. 인쇄 상태가 그리 좋지 않았지만, 나란히 놓인 두 통이 찍힌 사진에 올슨 선장은 주목하지 않을 수 없었다.

"흠…… 이건 바다표범 기름을 담는 통인데." 그가 중얼거렸다. "어째서 이게 신문에 실릴 만큼 대단한 물건이라는 거지?"

그는 안경을 찾아 쓰고 꼼꼼하게 기사를 읽었다. 두 번째 정독을 마친 뒤, 그는 생각에 잠긴 얼굴로 신문을 내려놓고는 조종실로 뛰어들어가 북대서양 지도를 펼쳤다.

"그래, 비요르켄이 거짓말을 한 건 아니군." 그가 비요르켄보르에서 뉴욕까지 컴퍼스로 원을 그리며 혼잣말을 했다. "레우즈가 이런 여행을 했다는 말이지? 정말이지 레우즈다운걸."

올슨은 선실로 되돌아가 읽고 있던 신문을 차곡차곡 접었다. 그리고 몇 달 뒤, 이 신문으로 선물용 럼주를 정성껏 포장했다. 베슬 마리호가 비요르켄보르에 닻을 내리기 직전이었다.

바로 그렇게 해서 비요르켄은 레우즈에게 어떤 일이 일어났는지 알게 되었다. 짐을 다 부린 다음, 술병을 싸고 있던 지역 일간지를 살펴보던 중이었다. 그는 긴 겨울밤을 보내는 동안 심심치 않도록 언제나 신문을 잘 펴서 보관해두곤 했다.

"이럴 수가, 이거 우리 통이잖아!" 갑자기 그가 고함을 쳤다.

화덕 옆에서 졸던 낮짝이 불안한 표정으로 기지 대장을 바라보았다.

"무슨 통?"

"레우즈의 통 말이야! 그게 뉴욕까지 가서 트롤선 어부한테 붙들렸대. 이것 좀 봐."

낮짝과 라스릴이 신문을 받아 읽는 동안 비요르켄은 뒷짐을 지고 방 안을 종횡으로 서성였다.

"다들 미궁에 빠진 살인 사건으로 오해하고 있어." 그가 말했다. "모르텐슨한테 말해서 레우즈가 어떻게 이런 여행을 하게 된 건지 세상에 알려야겠어."

"그냥 두면 안 될까?" 낮짝이 조심스럽게 물었다. "그러니까 내 말은, 이 소식이 쉴레뢰드에 전해지면 레우즈네 가족들 기분이 어떻겠냐는 거야."

비요르켄은 고개를 저었다.

"안 돼. 그건 의무야. 기지 대장으로서의 내 임무이기도 하고."

"네가 레우즈네 기지 대장은 아니었잖아." 낯짝이 지적했다. "그러니까 이건 더 이상 네가 참견할 일이 못 돼."

그때 한 글자 한 글자씩 간신히 기사 해독을 마친 라스릴이 기쁨의 탄성을 내질렀다.

"와, 이거 정말 대단한데요! 그럼 이제 비요르켄이 신문에 나는 거죠? 이름이랑 사진이랑 대문짝만 하게요! 전 세계 기자들 앞에서 의견을 발표하고요!"

비요르켄이 힘겨운 듯 의자에 주저앉았다.

"낯짝, 생각해보니까 네 말이 맞아. 레우즈는 우리 기지 사람이 아니었으니 내가 이 일에 대해 이러쿵저러쿵할 수 없겠지. 게다가 나는 시신을 보관하는 임무만 맡았잖아. 장례까지 책임질 의무는 없는 것 같아."

낯짝이 의지에서 일어나 오랜 동료의 등을 토닥였다.

"넌 최선을 다했어. 악마도 너보다 더 잘하지는 못했을 거야. 기사를 봐. 몇 년을 통에 처박혀 있었는데도 시체가 완벽하게 보존됐다잖아."

"그런 말이 있어? 그래, 그거 하나는 제대로 써놨네." 비요르켄은 생각에 잠긴 얼굴로 발끝을 응시했다. "그래, 난 임무를 훌륭히 완수했어. 통 속에서 소금에 절여

진 시체가 2년 반 동안이나 멀쩡하도록 만드는 건 어쨌
든 아무나 할 수 있는 일은 아니지."

낯짝과 라스릴이 동의의 뜻으로 고개를 끄덕이자, 비
요르켄은 실추되었던 자신의 명예가 일부 회복되는 것
을 느꼈다.

목소리를 잃어버린 개

—

혹은 피오르두르에게 닥친 언어의
수난

북위 71도 너머, 사냥 회사의 깃발 아래를 빠르게 걷는 개들은 동족들 중에서도 매우 특별한 품종에 속했다.

그린란드 북동부에 파견된 개들 가운데 살아남은 녀석은 늑대 개 두 마리와 보르조이 그레이하운드, 영국산 불도그, 암컷 로열 푸들 두 마리뿐이었다. 이들 말고 해안으로 온 다른 개들은 첫해 겨울이 가기 전에 전부 죽었다.

회사가 창립되고 몇 해 되지 않아 사냥꾼들은 그린란드 동부의 이누이트가 전통적으로 키워온 썰매 개를 얻었다. 이 견종은 북극의 썰매 개 역사상 비견할 대상이 없을 만큼 뛰어나다 해도 과언이 아니었다. 그래서 사냥꾼들은 이 개의 유입에 몹시 기뻐했다.

사냥꾼들과 그들이 기르는 개 사이에는 순도 높은 유대감이 형성된다. 특히 사냥꾼과 그가 제일 아끼는 개와의 관계는 단순한 동료의 의미를 넘어 삶을 함께하는 동반자 같은 의미를 지니게 되는 법이다.

북극에는 개가 주인공인 수많은 이야기가 존재하며, 이런 이야기들은 시베리아와 그린란드 일대에 이르기까지 거의 비슷비슷하다. 아마 어느 곳의 사냥꾼이건 대부분 비슷한 성품을 지닌 남자들이기 때문일 것이고, 또 개를 좋아하는 이들이 하나같이 말하듯이 개들 또한 그들과 비슷한 습성을 지녔기 때문일 것이다. 개가 주인을 닮는 일도 자주 있는데, 설령 그게 사실이 아니더라도 주인은 그렇게 믿는 법이었다. 또한 이 믿음은 주인이 자기 개를 더욱 아끼는 이유가 됐다.

피오르두르에게는 다섯 마리의 개가 있었다. 그는 개를 무척 좋아해서 언제나 잘 먹였고, 자기보다 먼저 챙겼다. 다정하게 말을 걸며 귀를 쓰다듬어주었고, 다치기라도 하면 정성을 다해 보살폈다. 다섯 마리 중에서도 그가 특별히 아끼는 녀석은 막내였다. 신년 축하 파티 때

매스 매슨이 술김에 선물한 이 개의 이름은 미스 디트리히로, 상상을 초월할 정도로 예쁜 다리가 마를렌 디트리히*를 연상시킨다고 해서 그런 이름이 붙었다. 막내였지만 미스 디트리히는 다른 네 마리 개들을 이끄는 대장 역할을 했다.

미스 디트리히의 출중한 외모는 모견과 부견에게서 물려받은 것이었다. 모견은 어느 늦은 밤 덴마크의 오르드루프에서 태어난 보르조이와 풍성한 모질을 자랑하는 스코레스뷔순의 이누이트 개 사이에서 태어난 잡종이었다. 부견 또한 복슬개의 피가 3분의 1, 그린란드 장모견의 피가 3분의 1씩 섞인 녀석이었다.

미스 디트리히는 키가 매우 컸고, 몸은 날씬했으며, 등의 곡선이 무척이나 우아했다. 밤색 눈동자는 영리해 보였고, 두상은 긴 삼각형 모양이었다. 사냥꾼들 모두가 미스 디트리히의 아름다운 자태를 인정할 정도였다. 출중한 외모 외에도 미스 디트리히는 다양한 재능을 가졌고, 그중에서도 표현력이 풍부한 꼬리는 주인의 마음을 사로잡기에 충분했다. 피오르두르는 이런 자기 개를

—

* 1901년 독일 프로이센에서 태어난 가수이자 배우.

무척이나 자랑스럽게 여겼다.

미스 디트리히는 하우나에서 많은 특권을 누렸다. 밤에는 거실에서 잤고, 밥도 매일 화덕 앞에서 깨끗한 그릇에 먹었다. 피오르두르의 주장에 따르면 저녁에는 주인과 수다까지 떤다고 했다. 둘 사이에는 종을 초월한 소통 방식이 있었으니, 시간이 흐르며 연안의 주민들은 피오르두르와 미스 디트리히가 정말로 대화를 나눈다고 믿게 되었다. 공통의 언어가 없음에도 개는 주인의 말을 이해했고, 주인 또한 개의 말을 이해했다. 주인이 입술을 움직여 쩌렁쩌렁한 목소리로 개에게 말하면 개가 꼬리를 움직여 의사를 표현하는 방식으로, 둘은 다양한 주제를 두고 매일 밤 이야기꽃을 피웠다.

덫을 확인하러 다녀올 때면 미스 디트리히가 다른 개들을 이끌었다. 미스 디트리히는 천리안을 가진 듯했고, 다른 네 마리의 개들은 다른 것은 보이지도 않는 양 습관적으로 대장 개를 뒤따랐다. 아침에 길을 나서며 어디로 가는지 말만 하면 미스 디트리히가 알아서 길을 찾아냈기에, 피오르두르는 썰매에 누워 잠을 자거나 튀니지풍 코바늘뜨기에만 집중하면 되었다.

미스 디트리히는 별다른 장비 없이도 직관에 따라 빙판의 상태를 감지하는 뛰어난 재능을 지니고 있었다. 이상한 낌새를 눈치채고 멈춰 서서 꼬리를 흔들면, 그때마다 여지없이 표면에 균열이 인 빙판이 나타났다. 그러면 피오르두르는 뜨개질을 멈추고 일어나 상황을 살폈고, 그러다 다시 자리에 앉으면 미스 디트리히가 얇게 언 얼음 주위를 돌아다니며 길을 찾곤 했다.

3월의 어느 날, 태풍이 지나간 뒤 덫을 시찰하고 돌아오는 길이었다. 그날은 날씨가 무척 좋았다. 햇살은 따사롭고, 하늘은 현기증이 일 만큼 높고 파랬다. 눈도 새로 내려서 사방이 눈부시게 희었다. 피오르두르는 저 멀리 띠를 이루며 초록으로 짙어지는 풍경을 감상했다. 그건 몇 달 후면 베슬 마리호가 도착하리라는 뜻이었다.

신이 난 개들은 검은 주둥이를 치켜들고 컹컹 짖으며 윤기 나는 꼬리털을 둥글게 말아 올렸다. 사흘 내내 집 앞에 묶인 채 날씨가 좋아지기만을 밤낮으로 기다리다가 마침내 썰매를 끌며 뻣뻣해진 근육을 풀어 마냥 즐거운 모양이었다.

미스 디트리히가 신호를 보냈다. 피오르두르는 뜨개질감에서 고개를 들어, 의사 표현이 분명한 여자 친구의 꼬리를 확인했다.

"자, 난 준비됐어." 그가 다정한 어투로 개를 향해 말했다.

미스 디트리히는 알았다는 듯 나지막하게 짖어 답하고 꼬리를 흔들며 내달리기 시작했다. 다른 개들은 피오르두르가 채찍을 휘두른 뒤에야 허둥지둥 대장 개를 따라 달려갔다.

"잘했어, 미스 디트리히. 나는 벌써 곳에 도착한 줄도 몰랐네." 피오르두르가 개를 칭찬했다. 어느새 남쪽의 강한 기류가 얼음을 끝없이 침식시키는 구원 곳을 우회하는 중이었다. "네가 신호를 주지 않았다면 분명 빙판을 건너다가 얼음 구멍에 빠졌을 거야."

주인의 칭찬에 미스 디트리히는 멋쩍은 듯 귀를 뒤로 젖혔다가 곧 다시 세우고는 종종거리며 몇 차례 제자리걸음을 걸었다. 이제 산허리에 이르렀으니 평상시의 속도로 달릴 작정이었다. 대장 개가 우아한 꼬리를 둥글게 말아 올리고 위험이 지나갔다는 신호를 보내자 피오르두르도 다정하게 화답했다.

"좋아, 가볼까?" 그는 한 차례 채찍을 휘두르고 다시 뜨개질감을 집어들었다. "정말 잘했어."

피오르두르의 속삭임에 미스 디트리히는 물결치는 긴 꼬리털을 흔들며 속도를 냈고, 이어 다른 개들도 경쾌한 걸음을 옮겼다.

피오르두르는 고개를 들고 미소를 지었다. 티 없는

빙산과 행복한 개들. 인생에 더 바랄 것이 있을까? 그를 황홀경에 빠뜨리는 순간이었다. 그는 세상과 하나가 된 듯한 일체감 외에는 다른 무엇도 느끼지 못했고, 이 긴밀한 연결 속에서 매 순간 생생한 행복을 느꼈다. 아이슬란드인 피오르두르는 그 순간 온 세상이자, 눈에 보이는 모든 것과 하나가 됐다. 그는 신이 난 개와도 하나였고, 썰매와 색색으로 반짝이는 빙산, 남서쪽으로 갈수록 자주색으로 변하는 저 짙푸른 하늘과도 하나였다. 세상 만물과의 일체감 속에서 피오르두르는 엄청난 자유를 느꼈다. 말도, 생각도 잊은 채 삶을 예찬했다. 썰매 위에 앉아 만물의 지고한 위대함이 그 영으로 어떻게 이 작고도 평범한 인간을 사냥하는지 목격하며, 소위 영원의 상태를 체험했다.

미스 디트리히와 네 동료들은 피오르두르를 불멸로 이끌었다. 그들 또한 주인처럼 잔뜩 고양된 채 천국의 황홀경을 체험하며 배운 대로 최선을 다해 내달렸다. 그러니까, 썰매 날 밑의 얼음이 깨져 썰매의 뒷부분이 사라지고 천상을 여행하던 피오르두르의 몸이 등받이 뒤로 넘어가 시커먼 물구덩이에 빠지기 전까지는.

썰매가 수직으로 기울며 개들의 몸에 묶인 끈이 팽팽해졌다. 미스 디트리히는 얼른 고개를 돌려 무슨 일인지 깨달았지만, 90킬로그램의 무게에서 갑자기 해방된 다른 네 마리의 개들은 주인의 신변에 생긴 변화를 눈치채지 못한 채 힘차게 뜀박질을 이어갔다.

미스 디트리히는 좌우로 입질을 하며 무리의 중심으로 파고들었다. 앞서 달리는 동료들을 멈춰 세우기 위해서였다. 하지만 개들은 대장의 이런 행동을 사기를 북돋아 속도를 높이려는 새로운 언어로 이해했다. 미스 디트리히는 포기하지 않고 네발을 바닥에 붙이고 엎드렸다. 하지만 예상과 달리 썰매가 미스 디트리히를 매단 채 위로 솟구쳐 올랐다. 상황이 급박했지만, 개는 당황하지 않고 재빨리 이빨로 줄을 끊어 멍청한 동료들이 원하는 곳으로 가도록 했다. 곧 다시 네발로 바닥을 딛고 선 그는 안도감을 느꼈다. 다행히 부러진 곳이 없었다. 날에 베인 가슴께의 상처가 욱신거렸지만, 그 외에는 다치지 않았다.

그사이 피오르두르는 바닷물 속에서 버둥거리며 긴장과 소금기에 벌게진 눈을 한 채 숨을 가쁘게 몰아쉬고 있었다. 물에 젖은 옷은 그의 몸뚱이를 순식간에 얼음장처럼 만들었다. 그는 필사적으로 팔을 뻗어 구멍 가장자리에 주먹을 내리꽂았지만, 곧 얼음이 깨지며 그의 몸은 다시 물속에 처박혔다.

미스 디트리히가 절룩거리며 물구덩이 근처로 다가와 안전한 지점을 찾아 몇 차례 주위를 돌았다. 곧 적당한 지점을 발견한 녀석은 주인에게 이를 알리느라 몸을 돌리고 꼬리를 흔들기 시작했다. 이곳이라면 물 밖으로 안전하게 나올 수 있다는 뜻이었다.

하지만 피오르두르는 대장 개의 뜻을 오해하고 말았다. 하반신의 감각이 둔해짐을 느끼고 극심한 공포에 휩싸인 그는 물 밖으로 상반신을 밀어 올렸고, 미스 디트리히의 그 아름다운 언어 기관을 붙든 채 절망적으로 매달렸다.

"당겨!" 그의 거친 음성에 미스 디트리히는 놀라서 고개를 돌리고 으르렁거렸다. 꼬리를 놓으라는 뜻을 전하고 싶었지만, 언어 기관이 비 맞은 텐트 로프마냥 팽팽해져서 도무지 움직이질 않았다. 다급해진 피오르두르는 뻣뻣해진 두 발로 힘껏 물장구를 쳤고, 그 바람에 간신히 상반신을 받치고 있던 얼음이 우지끈 소리를 내며 부서졌다.

어떻게든 바로 옆, 1.5미터밖에 떨어지지 않은 곳에 단단한 얼음이 있다고 신호를 보낼 수도 있었겠지만, 미스 디트리히는 그렇게 해서는 문제가 해결되지 않는다는 사실을 깨달았다. 주인의 요구대로 할 수밖에 없었다.

개는 네발을 바닥에 단단히 붙인 채 물에 빠진 주인을 끌어당기기 시작했다. 엉덩이 부위에서 극심한 통증이 느껴지며 비명이 터져 나왔다.

피오르두르는 두 눈을 질끈 감고 이를 악물었다. 뭐라고 웅얼대려 했지만, 이런 상황에서 흔히 그렇듯 말이 혀끝에서만 맴돌며 밖으로 나오질 않았다. 그는 필사적으로 팔을 뻗으며 얼음 위쪽을 향해 가슴을 밀어붙였다.

물에 빠진 사내의 몸 아래서 얼음은 끝없이 부서지기만 했다. 불행 중 다행으로 개와 사내는 단단히 연결되어 있었고, 개에게는 새로운 계획을 짤 만큼 이성이 남아 있었다. 미스 디트리히는 굳게 마음을 먹고 단단하게 언 빙판 쪽으로 주인을 끌어당겼다. 둘이서 고랑을 내며 10여 미터를 전진한 끝에, 마침내 얼음이 피오르두르의 몸을 떠받치기 시작했다.

한기가 피오르두르를 덮쳤다. 상반신을 얼음 위로 간신히 끌어 올린 뒤, 그는 그대로 정신을 잃었다. 충혈된 눈이 감기고, 고개는 미스 디트리히가 발길질로 파헤친 얼음 덩어리 위로 떨어졌다. 상반신은 얼음 위로 나와 있었지만 하체는 여전히 물에 잠긴 상태였다.

이제 그의 목숨은 전적으로 개에게 달려 있었다. 미스 디트리히는 꼬리를 잡은 주인의 손에 힘이 빠지는 것을 느끼고 본능적으로 죽음을 예감했다. 피오르두르가 죽는다면 혼자 살아갈 수 있을까? 그런 삶에도 의미가 있을까? 바람이 윙윙거리며 박공 주변을 맴도는 겨울 저녁, 둘이서 나누는 대화 없이, 화덕 옆에서 들려오는 피오르두르의 뜨개바늘 소리 없이, 이 모든 것에 귀 기울이며 평화롭게 잠드는 시간 없이 과연 살 수 있을까? 아니었다. 그러므로 그를 지켜야 했다. 무슨 일이 있더라도 굴복해서는 안 되었다. 엉덩이 부근에서 아찔한 통증이 느껴졌지만, 미스 디트리히는 얼음 파편을 사방으로 튀기며, 증기기관차처럼 으르렁 소리를 내며, 온 힘을 다해 전진했다. 이윽고 피오르두르가 병 따는 소리를 내며 물에서 나와 단단한 얼음 위로 미끄러졌다.

정신을 잃은 피오르두르를 깨운 것은 개의 비명이었다. 그는 눈을 뜨고 온 빙판을 울리는 소리의 근원지를 찾아 눈알을 굴렸다. 이윽고 개를 발견한 그의 두 눈이 탁구공만큼 커졌다. 피오르두르는 자신의 손을 들어보았다. 놀랍게도 두 손에 미스 디트리히의 길고 아름다운 꼬리가 쥐여 있었다.

미스 디트리히는 잃어버린 꼬리를 찾아 어설피 맴을 돌았다. 피오르두르가 개에게 다가가 곱은 손으로 머리를 감싸 안자, 그제야 녀석은 자신에게 일어난 일을 이해한 듯했다.

둘은 말없이 기지를 향해 걸었다. 피오르두르가 입은
옷은 관절 부분에 경첩이 달린 갑옷처럼 딱딱하게 얼어
있었고, 주인 뒤를 따르는 미스 디트리히의 고개는 바닥
을 떠나지 못했다. 아름답게 물결치던 개의 꼬리가 달려
있던 곳에서는 피가 흘러내렸다. 집에 도착할 때까지 피
오르두르는 개에게 말을 걸지 않았다. 손에 든 개의 꼬
리를 보며, 제일 친한 친구의 혀를 자기 손으로 뽑아버
렸다는 사실에 절망할 뿐이었다.

동상 치료에는 꽤 긴 시간이 소요되었다. 새살이 돋아
다시 걸을 수 있게 될 때까지 피오르두르는 한쪽 발의
피부를 거의 다 제거하고 발가락 하나를 절단해야 했
다. 손의 피부도 튀니지풍 코바늘뜨기를 다시 하기까지
여러 차례 재생의 과정을 거쳐야 했다.
주인과 달리 미스 디트리히의 부상은 끝내 회복되지
않았다. 꼬리가 뽑힌 부근의 상처가 아물고 등의 털도
자라서 흉터가 가려지긴 했지만, 개의 부서진 마음은 시
간이 아무리 흘러도 치유되지 않았다. 피오르두르와 긴
대화를 나누던 풍요롭고 행복한 이전의 삶은 이제 그와

무관한 것이 되어 있었다. 미스 디트리히는 누구의 눈에도 띄지 않으려고 병적으로 주의를 기울였고, 대부분의 시간을 현관에 앉아서 보냈다.

피오르두르는 한동안 미스 디트리히를 지켜보기만 했다. 우울증이야 대부분 시간과 함께 사라지는 법이라고, 개의 성격이 워낙 밝고 긍정적이니 오래지 않아 회복될 거라고 믿었던 것이다.

그러나 개는 회복되지 않았다. 한 달이 다 되도록 투견의 얼굴을 하고 있는 미스 디트리히를 보고, 피오르두르는 지켜보기만 하지 말고 정성껏 보살펴보자고 마음을 바꾸었다. 그가 처음 한 일은 식사 준비를 마친 거실로 개를 데려오는 일이었다. 거실에 들어선 미스 디트리히는 처음에는 고맙다는 듯 그의 손을 핥았다. 하지만 곧 슬픈 표정을 지으며 몸을 둥글게 말고는 꼬리로 주둥이를 감싸는 시늉을 했다. 개의 몸은 어느새 눈에 띄게 야위어 있었고, 아름답던 털에도 윤기가 사라지고 없었다.

피오르두르는 미스 디트리히에게 말을 걸었다. 말을 아직 못 배워서 대답하지 못하는 아기를 어르듯, 목숨을 구해줘서 고맙다고 다정한 목소리로 속삭였다. 침대 끝에 걸터앉아 귀 뒤를 긁어주기도 했고, 울긋불긋한 커다란 얼굴을 미스 디트리히의 털에 파묻은 채 사랑 노래도 불러주었다. 개는 이따금씩 상상 속 꼬리를 허공으로 쳐들고서 두어 번 흔들었지만, 대부분은 사지가 마비된 환자처럼 누워만 있었다.

피오르두르는 한동안 뜨개질을 잠시 접어둔 채 상념에 빠져 지냈다. 거실을 등지고 앉아 두 발을 화덕의 황동 난간에 올려놓고는 개에게 잃어버린 꼬리를 되찾아줄 방법을 끝없이 연구했다. 그는 미스 디트리히에게 다시금 언어를 찾아주고 싶었다. 고민 끝에 남아 있는 꼬리뼈 끝자락에 인공 보철물을 달아줘야겠다는 생각에 이르렀지만, 미스 디트리히는 협조할 마음이 없는 듯했다. 엎드린 채로 소총 사이에 걸려 있는 꼬리를 소중한 추억인 양 바라볼 뿐이었다.

그러던 어느 날 기적이 일어났다. 식사를 마친 직후였다. 피오르두르는 배불리 먹은 뒤 요란하게 트림을 하며 의자에 기대앉았다. 고개를 돌리자 구운 산토끼 고기 냄새를 맡는 미스 디트리히가 보였다. 그 순간, 피오르두르와 미스 디트리히의 시선이 우연히 마주쳤다. 둘은 한동안 서로의 눈에서 시선을 떼지 못했고, 순간적이었지만 대화를 나누고 있다는 느낌을 받았다. 개와 주인 사이에 새로운 공통의 언어가 탄생하는 순간이었다.

"맙소사!" 피오르두르의 두 눈이 기쁨으로 반짝였다. "우리 대화를 나누고 있는 거지? 맞지?"

슬프게만 보이던 개의 눈동자에도 따뜻한 기운이 감돌았다. 개는 주인의 말을 이해해서 행복하다는 듯 황금빛 동공을 옆으로 슬쩍 옮겼다. 이참에 새로운 언어의 어휘력을 향상시키기로 한 모양이었다. 미스 디트리히가 번개처럼 재빨리 접시를 곁눈질한 뒤 눈꺼풀을 반쯤 감아 보였다.

"그래그래, 쑥스럽기도 하겠지." 피오르두르의 얼굴에 미소가 피어올랐다. "자, 맛있는 산토끼야. 얼른 먹어. 그래야 기운을 차리지."

미스 디트리히가 이번에는 고개를 비스듬히 기울인 채 주인을 곁눈질했다.

"그래그래, 다음에는 쇠고기 등심을 줄게."

피오르두르는 예전과 같은 무궁한 행복을 느끼며 침대로 올라갔다.

피오르두르가 백작과 볼메르센 변호사에게 미스 디트리히와의 일화를 털어놓은 것은 그로부터 많은 시간이 지난 뒤였다. 두 사람이 카드놀이를 하러 하우나에 온 날이었다.

"둘은 지적인 사람들이니까 알 거야. 세상에는 의사를 소통하는 다양한 방식이 있다는 것 말이지. 나는 그중에서 인간의 언어가 제일 저급하다고 생각해. 외국어로 말하면 알아들을 수가 없으니까. 언어 말고도 생각을 표현할 여러 방법이 있는데 왜들 그러는지 모르겠어."

"예를 들면 어떤 거?" 볼메르센이 흥미롭다는 듯 물었다.

"음, 글쎄…… 마음속에서 나오는 언어랄까?" 그가 말을 이었다. "마음은 국경을 초월하잖아. 칼라하리사막의 부시먼족 사람들도 나와 같은 생각일 거야. 이상한 말로 지껄이는 걸 보면서 멍청하다고 생각하겠지. 그래서 말인데, 나는 말이 통하려면 말을 안 해야 한다고 생각해. 말이란 속에 둘 때만 통하니까. 굳이 꺼낼 이유가 없는 거지."

"무슨 말인지 알겠어. 네가 미스 디트리히와 대화를 나누는 방식이 그렇다는 얘기지?" 백작이 말했다.

"맞아. 꼬리를 사용하는 것도, 눈을 사용하는 것도 다 그런 거지." 피오르두르가 고개를 끄덕였다. "그 과정에서 제일 중요한 건 시간이야. 서로의 말을 이해하고 해독할 시간!"

"아무렴, 게다가 그런 재능은 아무나 타고나는 게 아

니지.” 볼메르센이 혼잣말을 했다. “피오르두르, 그런 점에서 넌 운이 정말 좋아.”

볼메르센은 2층 침대에 앉아 카드놀이를 구경하는 미스 디트리히를 올려다보았다. 개가 무슨 말을 하는지 들어보려는 의도였지만, 개는 그에게 딱히 할 말이 없는 듯했다.

“미스 디트리히와 너 사이에는 정말 공통의 언어가 있는 모양이야.” 백작이 슬그머니 미소 지었다. “봐, 저 위에 저렇게 떡 버티고 앉아서 내 카드와 볼메르센의 카드를 훔쳐보잖아. 좋은 정보는 너한테만 주고 말이지.”

피오르두르는 얼굴이 새빨갛게 변했다. 아닌 게 아니라, 묘하게도 그날 저녁 카드놀이를 하는 내내 행운이 그를 떠나지 않던 터였다. 평소에는 기대하기 어려운 일이었다.

주인이 난처해하는 모습을 보자 미스 디트리히는 카드에서 눈길을 거두었다. 이어 천장을 살피며 잠시 딴청을 부리더니, 침대에서 뛰어내려 식탁 밑으로 들어갔다. 주인의 등나무 신발을 베고 한잠 자기 위해서였다.

엘 데도 델 디아블로

돈 스벤센. 사냥꾼들에게 미지의 아
메리카를 꿈꾸게 한 어느 콘키스타도
르*의 또 다른 꿈

레우즈가 미국인에게 발견되고 몇 해가 지나서, 바람
의 오두막에서 혼자 시간을 보내며 외로움을 느끼던 시
워츠는 사냥 회사에 새로운 동료를 보내달라고 요청했
다. 사냥 회사 대표는 시워츠의 바람에 따라 특별한 재
능을 가진 사냥꾼을 찾아냈다. 그의 뛰어난 능력은 콜

* conquistador. 16세기 초 멕시코와 페루를 정복한 에스파냐인을 부르는
  말로 '정복자'라는 뜻이다.

롬비아 농수산부 장관이 등기로 보낸 서류만 봐도 짐작할 수 있었다.

우연의 조화였는지 톰슨곶과 비요르켄보르에 집중적으로 한파가 몰아쳤고, 그 바람에 베슬 마리호는 예년과 달리 바람의 오두막 근처에 배를 대고 새로운 사냥꾼을 내려주어야 했다.

매스 매슨의 집으로 가서 새로운 동료를 맞이하려고 준비하던 시워츠는 여간 놀란 게 아니었다. 이른 아침, 그는 베슬 마리호의 안개 고동 소리에 잠에서 깨어났다. 비몽사몽간에 침대를 빠져나와 창가로 걸어가자 기지 쪽으로 뱃머리를 돌리는 배가 보였다.

시워츠는 손님맞이를 위해 서둘러 거실을 치우고 커피를 끓였다. 조만간 선원들이 흙을 밟으려고 배에서 쏟아져 나올 터였다.

올슨 선장이 베슬 마리호의 모터 전원을 내리고 보트를 띄운 직후에야 시워츠는 겨우 방문객을 맞이할 준비를 마치고 해변에 이를 수 있었다. 그는 설레는 가슴을 안고 보트를 살펴보았다. 배에 탄 선원의 수가 적은 것도 의외였지만 무엇보다 그를 놀라게 한 것은 커다란 배낭을 무릎에 얹은 채 뱃머리에 앉아 있는, 엄청난 장신에 뼈만 앙상한 사내였다.

'저 친구가 새로운 동료인가 보군.' 시워츠는 생각했다. '그런데 올슨은 어디 있지? 이번에는 직접 소개해주지 않는 건가?'

마침내 조약돌 쓸리는 소리와 함께 보트가 해변에 닿았고, 곧 외국인이 배에서 뛰어내렸다. 그는 활짝 웃으며 시워츠에게 악수를 청했다.

"올라, 아미고(안녕하세요, 친구)!" 그가 소리쳤다. 코앞에 있는 사람에게 말하는 것치고는 목소리가 꽤 컸다. "오, 이곳 날씨가 정말 환상적이네요! 내가 살던 티에라 프리오(차가운 땅)와 비슷해요." 그가 시워츠에게 소지품을 건네며 쾌활하게 말을 이었다.

"올슨은요? 육지에 안 내린대요?"

시워츠의 질문에 외국인이 고개를 흔들었다.

"이번에는 안 와요. 곧 떠날 거예요. 매슨이라는 모피 사냥꾼 집까지 가려면 강을 따라 계속 내려가야 한다고 그랬어요. 뒷문으로 들어간다던데요."

시워츠는 알겠다는 듯 고개를 끄덕였다. 올슨이 피오르를 따라 톰슨곶으로 가는 길을 택한 모양이었다. 바다가 얼어서 뱃길이 막히면 그린란드 북부를 지나야 하니, 최대한 빨리 가서 하역을 마치려는 모양이었다.

선원들은 외국인의 짐을 모두 내린 뒤 베슬 마리호를 향해 다시 노를 젓기 시작했다. 올슨은 이미 위메르*의 평평한 땅을 향해 천천히 뱃머리를 돌리고 있었다. 갑자기 등장한 먹구름을 배경으로 올슨이 부는 작별의 나팔 소리를 들으며, 시워츠는 이상한 예감에 사로잡혔다. 베슬 마리호의 이번 방문은 뭔가 기괴하고 비현실적이라는 느낌이 들었다.

"바람의 오두막에 온 걸 환영해요. 기지에 가기 전에 잠깐 근처를 돌아볼까요?" 새로운 동료를 향해 돌아서며 그가 다정하게 말을 걸었다.

"좋습니다. 난 엘 데도 델 디아블로예요. 악마의 손가락이라는 뜻이죠, 하하하." 외국인은 집게손가락을 시워츠의 코앞에 들이밀더니 몇 번이나 구부렸다 펴기를 반복했다. "편하게 그냥 돈 스벤센이라고 부르세요. 친한 친구들은 다 그렇게 불러요."

시워츠가 동의의 뜻으로 고개를 끄덕이고는 가방을 가리켰다.

"짐이 많군요. 도와줄까요?"

---

* 그린란드 북부의 섬.

"무차스 그라시아스, 아미고(정말 고마워요, 친구)! 가방 둘은 내가 들 테니 배낭 하나만 부탁해요. 등에 메는 걸 도와드리죠."

대체 돈 스벤센의 배낭에는 무엇이 들어 있는 걸까? 배낭은 납처럼 무겁고 얼음처럼 차가웠을 뿐 아니라, 무언가가 계속해서 움직이는 듯했다. 등에 와 닿는 감촉은 끈적하기까지 했다. 그래도 그는 묻지 않았다. 이제 막 도착한 사람에게 그런 질문은 실례였다. 더욱이 배낭에 뭘 넣고 다니든 그것은 개인의 자유 아닌가! 지나친 관심은 오히려 사생활 침해나 남자의 자존심을 건드리는 행동으로 비칠 수 있었다.

"저건 변소예요. 이름이 '레우즈 기념관'이죠." 기지를 향해 걷던 시워츠가 자랑스럽게 야외 화장실을 가리켜 보였다.

"마세테, 데스 치오데스(맙소사, 저게 변소라고요)?" 스벤센은 걸음을 멈추더니 야외에 지어진 건축물을 미심쩍은 눈으로 살펴보았다. "지난 20년 동안 저런 변소는 써본 적이 없는데."

"지금부터는 매일 사용해도 돼요. 열쇠는 창문 아래 걸려 있어요. 이따가 보여줄게요." 시워츠가 너그러이 호의를 베풀었다. "그린란드 북동부에 딱 하나뿐인 화장실이죠. 옛 동료가 고안해낸 거예요. 대단하죠?"

"그런 것 같군요." 엘 데도 델 디아블로가 말했다. "저 화장실에 어떤 역사가 있는지는 모르지만, 이곳에 온 게 무척 기대됩니다."

"별거 없어요. 저 화장실을 빼면 우리에게 문명화된 건 아예 없다시피 해요. 내키지 않으면 억지로 변소를 사용할 필요도 없죠." 시워츠가 새로운 동료를 안심시켰다.

오두막에 도착해 배낭을 바닥에 내려놓던 시워츠는 가방 안에서 들려오는 이상한 소리에 등골이 서늘해졌다.

돈 스벤센은 2층 침대 위쪽 자리에 짐을 놓은 뒤 식탁에 앉아 각반을 풀기 시작했다.

"육지에 발을 디디니 좋군요. 아미고, 나는 바다가 무서워요. 바다는 변덕스럽고 믿을 수 없다는 점에서 여자랑 똑같거든요." 그가 오른쪽 신발 끈을 풀며 덧붙였다.

"잠깐이긴 했지만 옛날에 결혼한 적이 있어요. 바보 같은 짓이었죠." "아, 저런!" 시워츠는 흥미를 느꼈지만 곧바로 입을 다물었다. 입이 가벼운 사내라는 인상을 주고 싶지 않아서였다.

"아내는 산타 마르타에서 몸을 파는 여자였어요. 죄

처럼 어둡고 열정처럼 검은 여자였죠. 몸매 하나는 끝내 줬지만요." 그러면서 그가 허공에 대고 양손으로 여자의 굴곡을 그려 보였는데, 그 표현이 어찌나 적나라한지 시워츠는 얼굴을 붉히지 않으려고 애를 써야 했다. "나를 침대에 붙잡아두고 아무 데도 못 가게 했다니까요."

"도망갈까 봐요?" 시워츠가 물었다.

그의 질문에 돈 스벤센이 고개를 끄덕였다.

"내가 사회적으로 꽤 성공한 남자였거든요. 산타 마르타 항구의 항무장이었으니까. 그런데 어쩌다가 돌로레스 라모나스를 만나서 인생이 엿 같아졌죠. 아, 돌로레스 라모나스는 아내의 이름이에요."

그가 식탁 위에 각반을 내려놓고는 말을 이었다. "아미고, 나는 늘 여자한테 약했어요. 여자에게서 나 자신을 안전하게 지킨 적이 없죠. 무슨 말인지 알겠어요? 나는 항상 잘해줬는데, 여자들은 언제나 내 머리 꼭대기로 기어올랐어요." 회상에 잠긴 듯 잠시 말이 없던 돈 스벤센이 곧 고개를 들고 활짝 웃으며 물었다. "이곳엔 여자가 없죠?"

"6년 전에 영국 여자가 다녀갔어요. 같이 사냥도 좀 했는데, 그 여자가 떠난 뒤에는 보다시피 이렇죠." 그러고서 시워츠는 의자에서 일어나며 물었다. "스벤센, 커피

들래요?"

"아, 좋아요. 커피라면 한 양동이도 마실 수 있어요."

시워츠는 부글부글 끓는 주전자를 화덕에서 내렸다.

"너무 진하면 얘기해요." 그가 스벤센에게 커피를 건네며 말했다. "기회가 있을 때 마시려고 올보르산 슈냅스*를 숨겨뒀거든요. 커피에 넣어 마시면 아주 좋아요."

돈 스벤센이 커피잔을 들여다보았다.

"이게 커피라고요? 커피 같지 않은데요?" 그러곤 한 손가락으로 음료를 찍어 맛을 보았다. "콜롬비아에서는 손가락으로 찍었을 때 아무것도 떨어지지 않고 액체가 그대로 맺혀 있을 정도로 진하게 마셔요. 그런데 여기에 술까지 탄다고요?"

두 남자의 시선이 교차했다. 사방이 고요한 가운데 이따금씩 커피가 목을 타고 꿀꺽 내려가는 소리와 시워츠가 커피에 술을 넣고 젓는 소리만 들릴 뿐, 두 사람은 굳게 침묵을 지켰다. 그러다 날씨 이야기가 나왔다. 둘 다 그날 날씨가 기막히다는 점에 동의했다. 선선한 감이 없지 않았지만 그 외에는 모든 면에서 완벽하다는 얘기

———

* 증류하여 만든 과실주.

였다. 이어 또다시 침묵이 내렸다. 만질 수 있을 만큼 깊고 무거운 침묵 속에서 두 사람은 상대에게 질문할 거리를 찾아 애타게 생각을 더듬었다. 그때였다. 침묵을 뚫고 돈 스벤센의 배낭이 침대에서 바닥으로 떨어졌다.

"아, 맙소사!" 스벤센이 놀라 소리치며 배낭을 향해 뛰어갔다.

"아이고, 막달레나 치키타(어여쁜 막달레나), 진정해. 설마 내가 너를 잊었을까 봐? 오, 아니야, 요 귀여운 악당! 하하하, 잠깐만 기다려, 내가 열어줄게. 내 새끼, 이제 나와도 돼! 바모스, 바모스, 무차차(옳지, 옳지, 아가야)!"

돈 스벤센이 몇 걸음 물러섰다. 시워츠는 호기심을 억누르지 못해 식탁 너머로 몸을 기울이고 배낭 안을 들여다보았다.

"세뇨리타 막달레나를 소개해요. 막달레나강에서 태어나서 이름이 막달레나가 됐죠." 돈 스벤센은 자랑스럽다는 듯 목소리를 떨었다.

배낭에서 나오는 물체를 보고 시워츠는 심장이 바닥에 떨어지는 줄 알았다. 그의 적갈색 머리카락이 삐죽 섰고 식은땀이 흘렀다. 하마터면 비명까지 지를 뻔했다. 가방에서 회색과 초록색이 섞인, 팔뚝만큼이나 굵은 뱀이 나왔던 것이다. 더욱이 그와 가방 사이의 거리는 불과 1~2미터밖에 되지 않았다.

뱀은 기분이 좋은 듯 휘파람 소리를 내며 돈 스벤센의 길고 가느다란 다리를 휘감기 시작했다.

"피부가 몸에 닿는 걸 좋아해요. 그래서 각반을 풀었죠. 옳지, 내 사랑, 여행은 끝났어." 엘 데도 델 디아블로는 애정을 담뿍 담아 뱀을 향해 속삭였다. "이제 우리는 세뇨르 시워츠의 집에서 살 거야. 보여? 저기 식탁 너머에 있는 사람이 시워츠야."

세뇨리타 막달레나가 집주인에게 인사를 하기 위해 식탁 위로 고개를 들었다. 그러나 식탁 너머에는 뒤로 넘어간 의자만 덩그러니 놓여 있을 뿐, 두툼한 아이슬란드 스웨터를 걸친 사내는 보이지 않았다.

톰슨곶에서 회의가 열렸다. 절망적으로 비명을 질러 대는 시워츠의 문제를 해결하기 위해 올슨이 확성기와 안개 고동을 사용해 사냥꾼들을 불러 모은 터였다. 베슬 마리호가 아직 하역을 마치지 않았기에 가능한 일이었다.

매스 매슨이 먼저 말문을 열었다.

"보다시피, 시워츠가 지금 제정신을 놓고 횡설수설하고 있어. 처음 있는 일이지. 다들 알겠지만 평소 하얀 치즈처럼 평정심을 잃지 않는 친구잖아. 그런데 이런 사람이 집에서 도망을 쳤다고. 바람의 오두막에서 누군가 도망쳐 나온 건 이번이 처음이야."

매스 매슨은 바다표범 가죽으로 만든 조끼의 구멍 양쪽에 엄지손가락을 걸친 채 벤치에 모여 앉은 군중 앞을 서성였다. 그리고 모두의 얼굴을 죽 훑어본 뒤 반쪽 엉덩이만 벤치 끝에 걸치고 앉은 시워츠에게로 시선을 돌렸다.

"자, 시워츠에게 새로운 동료가 생겼어. 듣자 하니 오랫동안 외국 생활을 한 좀 특이한 사람이고. 그렇지?" 시워츠는 고개를 한 차례 끄덕이고는 모르텐슨이 건넨 씹는담배 한 덩이를 받아들었다.

"이 악마의 손가락이라는 사람, (잠시 군중이 술렁였다) 그러니까 보통은 스벤센이라고 불리는데, 어쨌거나 시워츠의 이 새로운 동료가 폭약 같은 사람인지 아닌지 지금 당장 속단하긴 일러. 하루도 안 지났으니까. 시워츠에 따르면 행동거지가 딱히 나쁜 사람 같지도 않고. 하지만……." 매스 매슨이 잠시 연설을 멈추고는 벤치 옆에서 히스 뿌리를 베고 조는 밸프레드를 바라보며 그가 다른 이들처럼 고개를 들 때까지 기다렸다. "하지만 문제는, 사냥꾼 스벤센이 시워츠로서는 묵인할 수 없는 동물을 데려왔다는 거야. 막대한 크기의 뱀 말이지." 여기서 그는 다시 시워츠에게로 시선을 옮겼다. "길이가 얼마나 된다고?"

시워츠가 어깨를 으쓱했다.

"정확히는 모르겠지만, 팔뚝보다 훨씬 굵고, 정말 길어. 가방에서 나온 부분만 해도 4미터는 더 되어 보였어."

군중 사이에서 술렁임이 일었다. 매스 매슨이 이들을 진정시키고는 진지하게 질문을 이어갔다.

"무슨 색이었어? 직접 봤으니까 이건 정확히 대답할 수 있지?"

"초록색 바탕에 노란색 무늬였어." 시워츠가 대답했다. "자전거 타이어처럼 몸을 둥글게 말고 있었지. 정말이야. 급하게 도망치긴 했지만 어떻게 생겼는지 볼 시간은 있었어."

"살아 있는 게 확실해? 대답하기 전에 한 번 더 생각해봐. 사람들을 놀래키려고 가지고 다니는 장난감일지도 모르잖아."

"장난감이 아니야." 시워츠가 말했다. "스벤센이 말을 거니까 '쉭쉭' 하고 이상한 소리를 냈어. 뱀이 들어 있던 배낭을 내가 집까지 메고 갔는데, 그때 이상한 게 등을 문지르는 느낌도 받았어." 끔찍한 사건을 기억해내느라 그의 이마는 식은땀으로 번들거렸다.

"좋아, 그러니까 확실히 살아 있단 말이지? 그런데 살아 있다고 해서 모두 위험한 건 아니잖아. 어쩌면 일종의 반려동물일지도 모르니까. 내 생각엔 한동안 집에 두고 살펴보는 게 좋을 거 같아."

이 말에 시워츠가 발끈했다.

"난 절대 안 가. 네스호의 괴물처럼 무서운 놈이랑 어떻게 한 지붕 아래서 살아? 차라리 텐트를 치고 산에서 겨울을 날래."

"음." 매스 매슨은 다시 생각에 잠겨서 이리저리 걷기 시작했다. "뭐 다른 좋은 방법이 없을까?"

"우리 집에서 지내도 괜찮아." 헤르베르트가 말했다. "그렇지, 안톤?"

"그럼요. 원한다면 언제든 환영해요." 안톤 역시 시워츠가 안쓰러웠다.

"우리도 시워츠하고 같이 지낼 수 있어." 비요르켄이 말했다. "기억할지 모르지만, 옛날에 동물학자가 우리 기지에 머문 적도 있잖아. 한 사람 정도는 수용할 공간이 있으니까 아무 걱정 말고 와."

시워츠는 고마운 마음으로 친구들을 둘러본 뒤 입을 열었다.

"그렇지만 난 바람의 오두막으로 돌아가고 싶은걸. 제집보다 좋은 곳은 없다잖아. 안 그래?"

매스 매슨이 이해심을 갖고 말했다.

"맞는 말이야. 집주인이 바다뱀과 낯선 사람 때문에 쫓겨날 수는 없지. 시워츠는 집으로 가야 하고, 그게 옳아. 그래서 말인데, 헤르베르트나 비요르켄이 스벤센과 그의 길쭉한 동료를 맡아주면 안 될까? 집에 여분의 공간이 있다니까 하는 말이야. 그러면 문제가 깨끗이 해결되지."

죽음과도 같은 침묵이 내려앉았다.

저녁 식사로 어떤 게 좋을지 생각하느라 동료들의 대화를 흘려들은 백작이 무거운 침묵을 뚫고 볼메르센에게 물었다.

"뭐, 뱀? 뱀이 연안에 나타났어?"

볼메르센이 백작에게 속삭였다.

"시워츠가 그러는데, 길이가 10미터도 더 되는 뱀이 바람의 오두막에 머물고 있대."

"그래? 정말 흥미롭군." 백작이 고개를 끄덕였다. "내가 한번 봤으면 하는데, 괜찮을까? 여기서는 흔한 일이 아니잖아."

매스 매슨이 백작 앞에서 걸음을 멈추었다.

"아! 백작! 뱀을 보고 싶다고? 그렇게 해. 뭐가 어렵 겠어? 마침 바람의 오두막에 대표단을 보낼 생각이었거 든. 괴물을 직접 보고 스벤센과 대화를 나눠보는 게 좋 을 것 같아서 말이야. 백작 말고 또 누구 가고 싶은 사 람 있어?"

볼메르센이 손을 번쩍 들었다.

"다른 사람은?"

"나도 갈래." 피오르두르가 말했다. "로이비크, 너는 안 가?"

로이비크는 어쩔 수 없다는 듯 어깨를 으쓱였다.

"여럿이 함께 간다면 나도 갈게." 그가 대답했다.

"남자 넷이면 충분해. 제일 빠른 볼메르센의 보트를 타면 되겠네. 볼일이 끝나면 곧장 돌아와. 보급품을 나 눠야 하니까. 그동안 우리는 베슬 마리호의 하역을 도 울게." 매스 매슨이 우두둑 소리를 내며 손가락을 꺾고 서 선언했다. "신사 양반들, 회의는 끝났어. 이제 각자의 일로 돌아가도록! 올슨 선장이랑 같이 점심을 먹으려면 서둘러야 해."

방문객들의 등장에 돈 스벤센은 무척 기뻐했다. 하지 만 시워츠가 불참한 사실을 알고는 큰 유감을 표하며 그가 하루빨리 집으로 돌아오기를 바란다고 말했다. 이렇게 세뇨리타 막달레나를 피해 도망갈 이유가 없다는 것이었다.

"세상에서 제일 사랑스러운 녀석인걸요." 돈 스벤센이 뱀에게 손 키스를 보내며 말했다. 막달레나는 그날 아침 벌써 시워츠의 개 한 마리를 꿀꺽한 뒤 침대에 똬리를 틀고 앉아 소화를 시키는 중이었다.

백작이 짐승을 향해 다가갔다.

"와, 크네! 굉장해! 종류가 뭐죠?"

"로열 보아예요." 돈 스벤센이 대답했다. "로열 보아과의 여왕, 귀족이라 해도 과언이 아니죠. 가까이 와보세요. 하하, 목을 조금 조르기는 하지만 물지는 않아요."

백작이 침대 기둥을 붙든 채로 얼굴을 들이밀자 막달레나가 멍한 눈으로 그를 마주 바라보았다.

"미간을 긁어보세요. 그러면 좋아하거든요. 그렇지, 귀염둥이?" 돈 스벤센이 백작에게 넌지시 권했다.

백작은 침대에서 내려왔다. 도무지 뱀의 미간을 긁어줄 마음이 나질 않았다.

로이비크와 피오르두르는 의자에 앉아 진저리를 치며 어찌할 바를 모르고 있었다.

"제길, 시워츠가 왜 안 오려고 했는지 완전히 이해가

되는데." 피오르두르가 짐승을 보며 벌벌 떠는 로이비크를 향해 작은 목소리로 속삭였다.

"머리 위에 저런 괴물이 있으면 도저히 못 잘 것 같아. 나는 다리가 넷이고 털이 있는 짐승이 좋아. 꼬리가 동그랗게 말린." 로이비크는 라반을 떠올리며 대꾸했다.

"아녜요. 같이 자면 얼마나 편한데요. 녀석을 흥분시키지만 않으면 전혀 위험할 게 없어요. 질투가 좀 심하긴 해도, 침대에 여자를 끌어들이지만 않으면 상관없고요." 돈 스벤센이 뱀을 두둔하고 나섰다. "하하하, 하긴 제 아내도 혼쭐이 났죠. 고맙게도 막달레나를 보자마자 기겁을 하고 도망치더라고요. 산타 마르타에 도착하자마자 이혼한 것도 다 이 녀석 덕분이에요."

"흠, 재밌네요." 변호사로 일하며 여러 부부의 이혼 과정을 지켜보았던 볼메르센이 흥미를 느끼고 식탁 위로 몸을 기울였다. "아내가 뱀 때문에 도망을 갔다고요? 정말 다른 이유는 없었고요?"

스벤센은 더 크게 미소 지었다.

"사실 다 고약한 소문 때문이었죠. 아내는 소문을 믿었어요."

"소문?" 볼메르센은 궁금한 듯 스벤센을 쳐다보았다. "어떤 종류의 소문이었는지 물어봐도 될까요?"

"아, 그건……." 스벤센이 목덜미를 긁적였다. "음……. 아무래도 입을 다무는 편이 낫겠어요. 소문이란 늘 사실과 다르니까. 듣고 나면 모두 막달레나를 오해할지도 몰라요. 그럼 괜히 관계만 나빠지지 않겠어요?"

"오해하지 않겠다고 약속하죠." 볼메르센이 대답했다. "나는 변호사고, 장담컨대 비밀 유지 관련해서 문제를 일으킨 적이 없어요."

"그래요? 그렇다면 얘기할 수 있겠네요. 다른 분들도 약속해줄 수 있을까요?"

로이비크에 이어 피오르두르와 백작도 이야기를 듣고 막달레나를 오해하는 일은 없을 거라 맹세하자, 마침내 스벤센이 입을 열었다.

"좋아요. 그럼, 믿고 말씀드리지요. 내게 막달레나를 준 사람은 어느 프랑스 남자였어요. 그는 강에 갔다가 고아가 된 뱀을 발견하고 불쌍히 여겨 데려다 키웠죠. 그때만 해도 막달레나는 길이가 1미터 정도밖에 안 되는 어린 뱀이었거든요. 여하튼 남자는 막달레나를 집으로 데려갔고, 그날부터 침대를 같이 썼어요. 덕분에 밤마다 잠을 방해하던 쥐 떼에서 자유로워질 수 있었죠. 시간이 흐르며 뱀과 남자는 급속도로 가까워졌고, 남자의 체온에 익숙해진 막달레나는 침대 밖으로 절대 나가지 않게 되었어요."

"굉장히 다정한 사이였군." 백작이 중얼거렸다.

"네, 맞아요." 돈 스벤센이 다정한 눈빛으로 귀족을 바라보곤 말을 이었다. "막달레나는 정이 많아서 내가 옆에 누우면 곧바로 몸을 감아요. 하지만 기생충 같은 놈들한테는 절대 안 가죠. 어떻게 아는지 모르지만 좋고 나쁜 사람을 기막히게 잘 가려내거든요."

"그래서 아내가 질투를 했나요?" 볼메르센이 물었다.

"아니요. 그러지는 않았어요. 그보다는 막달레나를 무서워했죠. 다 당치 않은 소문 때문이었어요. 여하튼 그 프랑스 남자는 넘쳐나는 성욕을 주체하지 못했었어요. 그런데 그건 막달레나로 해소할 수 없잖아요? 어느 날 그는 후미진 골목에서 마음에 드는 젊은 여자를 발견했대요. 모르는 남자를 따라 집까지 간 걸 보면 이 여자도 아마 피가 굉장히 뜨거웠던 모양이에요. 아니면 고무 상인들을 상대로 일종의 거래를 하는, 뭐 그런 여자였을지도 모르고요. 무슨 얘긴지 이해하시죠?"

청중이 고개를 끄덕여 보이자 그는 다시 이야기를 이어갔다.

"그런데 아뿔싸, 침대가 너무 좁았던 거예요. 여자와 뱀 중 하나는 침대 밖으로 쫓겨나야 했죠. 물론 추방당한 쪽은 막달레나였어요. 길이가 5미터나 되는 지금보다야 작았지만, 당시에도 4미터가 넘었거든요. 그래도 물에 사는 다른 보아과에 비하면 작은 편이지만요. 어쨌든 막달레나는 연적을 향해 씩씩대다가 잠이 들었어요. 프랑스 남자는 소금에 절인 청어처럼 흐물흐물해질 때까지 밤새도록 사랑을 나누다가 새벽에야 잠들었고요. 그런 뒤 아침에 눈을 뜨자마자 또다시 일을 치르려고 보니, 여자 대신 막달레나가 품에 안겨 있지 않겠어요? 하하하, 정말 굉장한 얘기 아닌가요?"

로이비크가 길게 한숨을 내쉬었다.

"너무 충격적이야."

돈 스벤센은 의자를 뒤로 밀고 자세를 고쳐 앉으며 다리를 꼬았다.

"오, 아니에요. 진짜 충격적인 일은 여자를 찾아서 침대 너머로 시선을 옮겼을 때 일어났어요. 그 여자가 목이 졸려 뻣뻣해진 채 문지방에 쓰러져 있었거든요. 정말 난리도 아니었죠." 잠시 침묵이 이어지는 동안 남자들은 겁에 질린 얼굴로 2층 침대를 올려다보았다. 돈 스벤센은 감정에 겨운 듯 떨리는 목소리로 말을 이었다. "요 귀여운 녀석이 그 정도로 질투가 심해요. 정말이지 상상도 할 수 없을 만큼 강력한 질투심이죠."

"그런데 어쩌다가 당신이 이 뱀이랑 같이 살게 된 거요?" 피오르두르가 물었다.

"아미고, 내가 차례대로 다 얘기해줄 테니까 조금만 기다려요. 그 프랑스 남자는 진정한 프랑스 남자였어요. 무슨 말인지 다들 이해하죠? 그는 늘 성욕에 사로잡혔고, 피가 뜨거운 여자 없이는 단 하루도 견디지 못했죠. 그런데 막달레나가 그와 잠자리를 가진 여자 셋을 목 졸라 살해했다는 소문이 온 마을에 퍼진 거예요. 이후 프랑스 남자는 어떤 여자도 침대로 끌어들이지 못했어요. 내가 막달레나를 만난 게 바로 그 무렵이었죠. 나는 막달레나를 보자마자 호감을 느꼈어요. 이상한 일이었죠. 그래서 그날 저녁부터 매일 프랑스 남자의 집을 찾아갔고, 그때마다 막달레나는 내 발치로 다가와 똬리를 틀었어요."

"엄병, 첫눈에 반했네." 로이비크가 다시 한숨을 내쉬었다.

"맞아요. 적절한 표현인지 모르겠지만, 어쨌든 우린 서로에게 첫눈에 반했어요. 결국 내가 프랑스 남자에게 카누와 아르헨티나 장화를 주고 막달레나를 집으로 데려왔어요. 그리고 그날 밤부터 기쁠 때나 슬플 때나 우린 늘 함께했어요. 막달레나는 내 생명의 은인이에요. 끔

찍했던 결혼 생활에서 나를 구원했고, 실제로도 여러 번 목숨을 구해줬거든요.”

“흠, 상당히 흥미로운 이야기야. 안 그래, 볼메르센?” 백작이 동료의 의견을 물었다.

“뱀 때문에 이혼하다니, 이런 경우는 처음 봐.” 볼메르센이 대답했다. “그래도 왜 그렇게 되었는지 이해는 되는군.”

“잠깐, 막달레나가 목숨을 구해줬다고? 그게 무슨 말이지? 저 램프 닦이 같은 게 어떻게 사람을 구했다는 거야? 아침마다 목이 졸리지 않은 걸 확인하고 행복해했다는 얘기라면 또 모를까, 허풍이 너무 심한 거 아니오?” 피오르두르가 말했다.

‘램프 닦이’라는 표현에 기분이 상한 돈 스벤센은 피오르두르에게 못마땅한 시선을 던졌다.

“어떻게 그런 말을! 당신이 어떻게 생각하든 나는 막달레나를 두 발로 걷는 짐승보다 더 믿어요.” 그가 부드러우면서도 가시 돋친 목소리로 말을 이었다. “막달레나는 내게 먹을 것을 나눠 줬고, 정글의 야생동물과 싸워서 나를 지켜줬어요. 인디언이 쏜 독화살을 맞고 죽을 뻔했을 땐 그 야만인의 소굴에서 도망칠 수 있게 도와줬죠.”

"그게 다 사실이라면 정말 놀랍군. 정확히 어떤 상황이었는지 예를 들어 설명해줄 수 있겠습니까?" 볼메르센은 자세한 설명을 요구했다.

스벤센은 의자에서 일어나더니 커피포트를 향해 손을 뻗었다. "좋아요. 예를 하나 들어주죠. 대신 시워츠가 술을 어디다 감춰두는지 좀 알려주세요."

로이비크가 구시렁대며 일어나 커다란 물통 안으로 손을 쑥 집어넣었다. "그거라면 여기가 제일 안전하지. 아무도 물통에서 술이 나올 거라고 생각하지 않으니까."

돈 스벤센은 로이비크가 꺼낸 증류주를 받아 커피에 섞으며 다시 설명을 시작했다.

"아트라토강의 긴 지류를 따라 나무가 우거진 산길을 걷던 날이었어요. 그 산 어딘가에 금이 있다는 말을 듣고 찾아갔었죠. 나는 늘 금이라는 말에 마법처럼 끌렸거든요. 말 그대로 나 자신과 싸우며 열여섯 날 동안 정글을 헤맸어요. 혹시 이 중에 정글을 걸어본 분 있나요?"

정글을 걸어본 사람이 없다는 사실을 확인하고 돈 스벤센이 회심의 미소를 지었다. 보다 정밀하면서도 주관적인 묘사가 가능해진 까닭이었다.

"정글은 살아 있는 지옥이에요. 습한 기후에, 피부를

물어뜯는 수천수만의 해충이 존재하죠. 밤낮 없는 더위에 숨이 턱턱 막히고, 사방에서 어른 주먹만 한 거미와 전갈이 튀어나와요. 거머리는 장화를 뚫고 들어와 피를 빨고, 진드기는 손톱 끝을 파고들죠. 어떤 빈대는 살을 파고 들어와 오렌지만큼 커지고요. 어디, 그뿐이에요? 온갖 알록달록한 빛깔의 독사는 또 어떻고요. 아미고, 한마디로 정글은 온갖 위험이 도사리는 지옥과 같아요." 천천히 고개를 끄덕이며 그가 말을 이었다.

"아미고, 그런데도 이 엘 데도 델 디아블로는 금이라는 단어 하나를 듣고 기꺼이 지옥으로 뛰어들었어요. 왜냐하면 이 세상에 금보다 더 가치 있는 건 없으니까요. 건강만 빼면 말이죠. 상상해보세요. 번쩍이는 금덩이를 호주머니와 가방, 카누 가득 싣는 순간을! 가슴이 뛰지 않나요? 난 내가 언젠가 금광을 찾아내리라 믿어요. 장담할 수 있어요. 금이 어딘가에서 나를 기다리고 있다는 사실을 알거든요. 금이라는 단어를 듣자마자 정글로 들어간 것도 바로 그래서였어요."

로이비크가 감탄한 얼굴로 악마의 손가락을 바라보았다. 저 외국인의 어투에는 신뢰를 주는 무언가가 존재했다. 그가 하는 말이 설사 전부 거짓이라고 해도, 그건 더 이상 중요하지 않았다. 자기 입에서 나오는 말을 스스로 철석같이 믿고 있기 때문이었다.

"독사에 물리면 보통 다 죽잖아요. 아닌가?" 로이비크가 반문했다.

"애송이라면 그럴 수도 있죠." 돈 스벤센이 셔츠 소매를 올리더니 청중에게 하얗게 남아 있는 자잘한 흉터를 보여주었다. "이게 다 뱀에 물려 생긴 흉터예요. 그런데도 나는 왜 이렇게 멀쩡히 살아 있을까요? 맞아요, 그만큼 빨랐기 때문이죠."

"이건 또 무슨 소리람?" 피오르두르가 중얼거렸다.

"아미고, 나는 정글에 적응했고, 빛보다 빨랐어요. 게다가 뱀이 저 멀리 떨어져 있어도 그 존재를 감지할 만큼 예민하기도 했죠. 나를 만난 이상 뱀은 이미 죽은 거나 다름없었죠. 스벤센의 살덩이에 이빨을 박는 순간 녀석들은 두 동강 나서 죽었어요."

"어쨌든 독사가 이빨을 박으면 독이 퍼질 거 아녜요." 로이비크가 물었다. "그런데 어떻게 살아났지?"

돈 스벤센이 어이가 없다는 듯 고개를 흔들었다. "맙소사! 진짜 정글에 안 가본 티가 나네요! 독사에 물리면 독이 혈액으로 퍼지기 전에 얼른 칼로 팔에 상처를 내고 뱀 가죽을 벗겨 그 아래 지방으로 상처를 문지르면 되거든요."

"그런 게 정말 효과가 있어요?"

"효과가 없으면 지금 내가 여기 어떻게 있겠어요?" 돈 스벤센이 대답했다. "며칠 열이 오르고, 일주일쯤 어질어질하고, 경련이 일긴 하지만 다른 일은 일어나지 않았어요. 뱀의 지방이 해독제가 되거든요. 정글을 탐험해 보지 않은 사람은 모르는 비밀이죠."

"아, 그러니까 저게 다 뱀에 물린 자국이란 말이군!" 로이비크가 이해했다는 듯 고개를 끄덕였다.

"그렇다니까요. 다 그때 생긴 흉터예요. 더 보여줘요?" 돈 스벤센은 의욕적으로 셔츠 앞 단추에 손을 가져다 올렸지만, 곧 멈칫하더니 말을 바꾸었다. "아, 깜박했네요. 흉터란 시간이 지나면 없어지는 법이죠."

"그런데 그 수술 자국은 어디 있는 거요? 칼자국이라면 분명 흉이 크게 졌을 텐데." 피오르두르가 물었다.

"내가 사용한 칼은 면도날처럼 아주 날카로웠어요. 모두 알다시피 면도날은 흉터를 남기지 않죠." 돈 스벤센이 얼른 대답하고는 말을 이었다. "귀족 양반들, 정글은 한가하게 산책이나 하러 다니는 곳이 아니에요. 이제껏 내가 한 말도 죄다 시시한 사건에 지나지 않죠. 진짜 위험한 짐승에 대해서는 아직 한마디도 안 했으니까. 잘 들어요. 정글에서 제일 위험한 짐승은 바로 인디언이에요.”

한때 허드슨만의 사냥꾼으로 살았던 피오르두르는 이 말을 듣고 깜짝 놀랐다.

“인디언이 위험하다고? 그럴 리가! 인디언은 전혀 위험하지 않아요!”

그러자 돈 스벤센이 눈살을 찌푸렸다. 그는 자꾸만 자기 말을 가로막는 이 의심쟁이 아이슬란드인이 너무나 성가셨다. “옴브레(이봐요), 당신이 정확히 누구를 만났는지 모르겠지만, 내가 만난 인디언은 어린 시절 축제 마지막 날에나 보는 그런 인디언이랑 차원이 다른 놈들이었어요.”

“내가 만난 인디언은 스와미크리족과 시퍼와이얀족 사람들이었는데, 양쪽 다 파리 한 마리 못 죽일 만큼 착했어요.” 피오르두르가 대답했다.

“하하하, 그럴 줄 알았다니까. 전부 북아메리카 인디언이네요! 맞아요, 당신이 만난 인디언들은 쥐도 불쌍히 여길 정도로 착했겠죠. 내가 정글에서 만난 야만인들은 차원이 달라요. 내가 만난 놈들은 외국인을 아주아주 싫어했어요. 특히 백인을.”

“그래서 그 야만인들과 무슨 일이 있었다는 거요? 어서 말해봐요.” 로이비크가 재촉했다.

"그러죠. 안 그래도 그 얘기를 하려던 중에 말이 끊겼어요." 돈 스벤센이 피오르두르에게 의미심장한 눈빛을 던지곤 다시 입을 열었다. "그러니까 먼 옛날, 내가 피에 굶주린 야만인 소굴에 떨어진 적이 있어요. 첫째 날에는 그들도 나를 정중히 대했어요. 보아뱀이랑 같이 있는 걸 보고 놀란 거죠. 보아뱀은 그 부족 사람들에게 신성시되는 짐승이었거든요. 하지만 호의는 오래가지 않았어요. 어느 날은 이 야만인들이 모두 발효된 카사바주를 마시고 취했어요. 죄다 술에 떡이 되어서 바닥에 앉아 말벌처럼 웽웽거리다가, 저녁이 되자 내가 머물던 오두막 앞에 앉아서는 화살촉에 쿠라레 독을 바르기 시작하지 뭡니까. 그 모습을 보고 난 떠날 때가 되었다는 사실을 깨달았죠. 그래서 그 길로 세뇨리타를 배낭에 넣어 도망쳤어요."

돈 스벤센은 초췌한 표정으로 2층 침대를 바라보며 말을 이었다. "그래요, 막달레나와 나는 진짜 많은 일을 함께 겪었죠. 녀석도 다 기억할 거예요. 그렇지, 내 예쁜 인어 공주님?"

스벤센의 물음에 대답이라도 하듯, 막달레나가 침대 위로 1미터 가까이 몸을 세우고는 사팔눈으로 식탁을 내려다보았다. 뱀은 원통형 머리를 좌우로 천천히 움직이며, 끝이 갈라진 기다란 혀를 내밀어 마치 오케스트라의 지휘봉인 양 청중들을 향해 흔들어댔다.

"옴브레스(여러분), 나는 무작정 내달렸어요. 누가 독화살을 이길 수 있겠어요? 그렇게 500미터쯤 갔는데, 이 악마의 손가락이 사라진 걸 깨닫고 인디언들이 오두막을 수색하며 고함치는 소리가 들리더라고요. 소름 끼치는 소리였죠. 난 등에 날개가 돋친 사람처럼 엄청난 속도로 도망쳤어요. 길을 막는 식물들을 로켓처럼 헤치고, 숨이 턱에 차오를 때까지 겁에 질린 토끼마냥 내달렸죠."

피오르두르가 고개를 끄덕였다. 그는 마지막 문장이 마음에 들었다. 목숨이 위태롭던 순간의 자신을 토끼에 비유하다니, 어딘가 믿음직한 구석이 있었다.

"나는 그 부족의 영토가 아란하스강에서 끝난다는 사실을 알고 있었어요. 아란하스는 카과타를 따라 아마존 남쪽으로 이어지는 강인데, 맞은편에는 판타스무스족이 살죠. 판타스무스족은 다른 인디언 부족 사이에서도 페스트처럼 무서운 놈들로 유명해요."

"그런데 그 많은 가시덤불을 전부 베어가며 달렸다는 거요?" 피오르두르가 물었다. "그럴 시간이 있었나?"

돈 스벤센이 천장을 올려다보았다. "옴브레, 수백 개

의 화살이 엉덩이를 겨누는데 누가 가시덤불 따위에 신경을 쓰겠어요? 그것도 그냥 화살이 아니라 독화살인데!"

"아, 듣고 보니 그렇군. 친구, 내가 생각이 짧았어." 피오르드루르가 고개를 끄덕였다.

"자, 이제부터 잘 상상해봐요. 강에 도착했는데 바로 뒤에서 야만인들이 쫓아오는 소리가 들려요. 여러분이라면 어떻게 하겠어요? 난 막달레나를 배낭에서 꺼내 풀어주고 나무 위로 올라가 놈들이 오기를 기다렸어요. 그러곤 인디언 넷을 도착 즉시 해치웠죠. 이미 말했다시피, 나는 방아쇠 당기는 데 탁월한 미친 손가락을 갖고 있거든요. 동료들의 죽음을 목격하자 남은 인디언들은 나무 뒤에 몸을 숨기고 묘책을 궁리하기 시작했어요. 한마디로 최악의 상황이었지요. 뒤에는 어림잡아 400명도 넘는 적들이 있고, 눈앞에는 거대한 강이 흐르고 있었으니 말이에요. 게다가 그 강은 헤엄쳐서 건널 수도 없었어요. 악어와 피라냐 떼가 아가리를 벌린 채 이 스벤센의 살점을 노리고 있었거든요."

백작이 고개를 들더니 돈 스벤센을 가만히 응시했다. "너무 절망적이야. 안 그래, 볼메르센?"

"응, 이런 얘기는 처음 들어봐." 볼메르센이 담배에

불을 붙이자 곧 연기가 고약한 냄새를 풍기며 전등갓 위로 피어올랐다. "스벤센, 그런 상황에서 대체 어떻게 빠져나온 겁니까?"

엘 데도 델 디아블로는 손가락으로 2층 침대를 가리켰다.

"저 친구, 바로 저기 있는 막달레나가 내 목숨을 구해 줬어요. 내가 온전한 몸으로 강을 건너고 싶어 한다는 사실을 알았는지, 막달레나가 나무 기둥에 꼬리를 감더니 몸을 쭉 뻗어서 강에 다리를 놔줬거든요. 덕분에 난 녀석의 몸을 밟고 강을 건너 도망칠 수 있었죠. 불과 50센티미터 아래서 아가리를 벌린 채 내가 떨어지기만을 기다리는 악어들을 약 올리면서요."

"맙소사!" 백작이 중얼거렸다.

"환상적인데." 볼메르센이 맞장구를 쳤다.

"그렇게 다급한 상황에서 악어들을 약올렸다고? 정말로?" 로이비크가 물었다.

"네, 정말이에요. 줄 타는 곡예사처럼 이렇게 총을 평행봉 삼아 들고 약을 올렸죠." 돈 스벤센이 믿음을 심어 주기 위해 표현력이 풍부한 몸짓으로 상황을 묘사했다.

"그렇다면 당신이 건넜다는 강은 강이라기보다는 시냇물에 가까웠던 것 같은데. 아닌가?" 피오르두르가 손가락으로 셈을 하며 물었다.

"이미 말했듯 내가 건넌 건 시냇물이 아니라 강이었어요. 그것도 폭이 6~7미터나 되는." 돈 스벤센이 퉁명스럽게 대꾸했다.

"하지만 저 위에 있는 친구는 길이가 5미터 정도밖에 안 되잖아요?"

그러자 돈 스벤센이 인상을 쓰며 소리쳤다. "옴브레, 이렇게 계속 쩨쩨하게 나올 거면 듣지 말고 그냥 나가요! 그래, 길이가 좀 부족하다 칩시다. 하지만 400명의 적들이 쫓아오는 상황에서 그깟 몇 미터 뛰어넘는 게 뭐가 그렇게 힘들겠어요?"

피오르두르는 다시 곰곰이 생각해보았다. 말마따나, 야만인들이 발꿈치를 바짝 뒤쫓는 상황에서는 그 정도 거리를 뛰어넘는 일이 그리 불가능하지는 않은 것 같았다.

"당신 얘기가 허풍이라고 생각해서 그런 건 아니에요." 그가 짐짓 중립적인 태도로 중얼거렸다. "그냥 난 궁금한 걸 그때그때 해결하는 성격이라."

"아미고, 괜찮아요. 인간은 누구나 의심할 권리가 있죠." 돈 스벤센도 평정심을 되찾고 다정하게 말했다.

"그런데 참, 뱀은 어떻게 됐소?" 로이비크가 물었다.

"아, 막달레나는 매달려 있던 나무 위로 올라가 통통하니 살진 인디언 전사를 한 명 붙잡았어요. 그러곤 강 건너로 포획물을 가져다가 통째로 집어삼켰죠. 실오라기 하나 안 남기고 화살통까지 전부 다요. 늘 느끼는 거지만, 이 친구 소화력이 정말 엄청나요."

"흠, 저 위에 있는 암컷을 왜 그렇게 애지중지하는지 알겠어. 막달레나도 개처럼 머리가 좋은가 보군. 그래서, 금은 찾았고?" 로이비크가 물었다.

"아니요, 못 찾았어요." 스벤센이 대답했다. "사람들이 말한 곳에 가봤지만 금은 보이지 않았어요. 아미고, 내가 이렇게 순진해요. 금이라면 여자처럼 무턱대고 믿는다니까요."

"그래도 당신은 동물과 교감하는 뛰어난 능력을 가졌잖아요. 나라면 굉장히 영광스러웠을 겁니다. 안 그래, 볼메르센?" 백작이 동료에게 동의를 구했다.

"맞아, 하지만 저런 괴물과 가족이 되려면 시간이 많이 필요할 거야. 난 시워츠가 왜 도망을 쳤는지도 이해가 돼."

그 말을 듣고서야 사냥꾼들은 자기들이 왜 이곳 바람의 오두막까지 왔는지를 기억해냈다. 볼메르센은 돈 스벤센에게 시워츠가 막달레나와 한 지붕 아래서 살고 싶어 하지 않으며, 며칠 함께 지내며 가능성을 타진해보자는 제안도 거절했다고 설명했다. 이야기를 들은 돈 스벤센은 무척 유감스러워했다.

"미안해요. 내가 뭘 어떻게 해야 할지 알려주면 기꺼이 받아들일게요. 하지만 혼자서는 아무 데도 안 가요. 나는 이곳에서 막달레나와 함께 환영받기를 원하거든요." 돈 스벤센이 말했다.

해결책을 찾느라 잠시 고민하던 백작이 마침내 고개를 들고 로이비크를 향해 물었다.

"로이비크, 엘리자베스곶에 오두막이 아직도 있나?"

"그럼, 있지. 아직 멀쩡해. 왜?" 로이비크가 대답했다.

"돈 스벤센과 저 길쭉한 친구가 거기 가서 살면 어떨까 싶어서. 엘리자베스곶에는 사냥감이 충분하니 로스만에 피해를 끼칠 일도 없을 것 같은데. 다들 어떻게 생각해?"

"스벤센만 괜찮다면 얼마든지 가능하지." 로이비크가 스벤센을 향해 고개를 돌렸다. "엘리자베스곶은 멋진 곳이에요. 소도 많고, 여우도 많고, 바다표범을 사냥하기에도 아주 좋지. 참, 금을 좋아한다고? 그럼 더욱 마음에 들 거요. 붉은 강에서 금을 쓸어 담을 수 있을 테니."

돈 스벤센이 믿을 수 없다는 듯 로이비크를 쳐다보았

다. "방금 금이라고 했어요?"

"그렇다니까, 저 위에 금이 있어요. 내가 알지. 금을 캐서 약혼반지를 만든 적이 있거든요. 후, 다 한때였지만, 그 시절에는 정말 결혼이라는 걸 하고 싶어서 말이지."

로이비크의 대답에 돈 스벤센이 숨을 거칠게 몰아쉬며 자리를 박차고 일어났다. 그의 두 눈이 묘한 광채로 번득였다. "하느님 맙소사, 금이라니!" 스벤센이 갈라진 목소리로 물었다. "어디로 가면 되죠?"

"여기서 사나흘쯤 가면 나와요. 가고 싶으면 말해요. 우리가 도와줄 테니." 로이비크가 대답했다.

"가고 싶냐고요? 그걸 지금 말이라고 해요?" 그가 허둥지둥 바구니를 꺼내기 시작했다. "아미고, 서둘러요. 지금 바로 출발해야겠어요. 붉은 강에 금이 있는 걸 다른 사람들이 알면 어떻게 되겠어요? 다들 우리보다 먼저 가서 금을 찾겠다고 난리가 나지 않겠어요?"

"그럴 일은 없을 테니 안심해요. 금이 있는 걸 모두 알지만 아무도 관심이 없거든. 그래도 당장 가야겠다면 같이 가도록 하죠." 로이비크가 씩 웃으며 친구들을 향해 어깨를 으쓱여 보였다.

이렇게 시워츠가 5미터짜리 로열 보아뱀과 밤을 보내는 일 없이 문제는 원만히 해결되었고, 사냥꾼들은 만족한 얼굴로 바람의 오두막을 나섰다.

곧 네 척의 보트가 엘리자베스곶으로 향하는 악마의 손가락을 따라 강을 거슬러 오르기 시작했다. 몇 해 동안 비어 있던 집을 수리하고, 돈 스벤센에게 북극의 사냥꾼으로 사는 법을 대충이라도 가르쳐주기 위해서였다. 하지만 스벤센은 자신의 경이로운 손가락만을 맹목적으로 의지한 채 사냥꾼으로서 갖춰야 할 지식을 한 귀로 듣고 한 귀로 흘려버렸다. 오두막에 도착한 바로 다음 날, 그는 막달레나를 배낭에 넣고 먹을 것과 삽과 대야를 챙긴 뒤 얼음으로 뒤덮인 계곡 너머 붉은 강을 향해 떠났다.

사냥꾼들은 공들여 오두막을 꾸몄다. 한 사람도 연기에 질식되는 불상사 없이 화덕에 불도 붙였다. 그들은 스벤센이 먹을 수 있도록 사향소 두 마리를 잡아다가 별채 오두막에 들여놓고는 홀가분한 마음으로 엘리자베스곶을 떠났다. 시워츠 문제가 깨끗이 해결된 점도 기뻤지만, 그보다도 새로운 동료에게 필요한 도움을 주었다는 생각에 발걸음이 가벼웠다.

돈 스벤센은 금을 쓸어 담았다. 바보처럼 가으내 일만 하느라 햇살 아래 황금빛으로 물든 세뇨리타 막달레나와 대화도 거의 나누지 않았다. 처음 한 달 동안, 그는 붉은 모래에서 몇 그램의 금을 추출하며 환호성을 질렀다. 미래가 보였다. 로이비크의 말마따나 강은 노다지였다.

그는 이따금 막달레나를 데리고 엘리자베스곶으로 가서 별채 오두막에 저장된 소고기로 배를 채우고 몇 주 동안 야외에서 일하느라 꽁꽁 얼었던 몸을 녹였다.

겨울에는 채금 작업이 불가능했다. 돈 스벤센은 겨우내 오두막에 머물며 자갈과 금을 분리해내는 장치를 만들었다. 사냥은 하지 않았다. 노다지가 눈앞에 있는데 바보같이 여우나 잡겠다고 덫을 놓으러 다닐 사람이 누가 있겠는가. 여름이 오면 강에서 금을 잔뜩 건질 것이었다. 게다가 기계가 완성되면 채금 작업은 기계에 맡긴 채 근처 어딘가에 존재할 광맥을 찾아볼 수도 있을 터였다. 그런데 사냥이라니, 안 될 말이었다. 돈 스벤센은 고개를 저었다.

별채 오두막에 소고기가 떨어지자, 그는 친구들이 남기고 간 밀가루로 배고픔을 달랬다. 크리스마스가 지나고 밀가루까지 바닥난 다음에는 막달레나에게 개 네 마리를 전부 먹이로 던져줬다.

2월, 태양은 여전히 수평선 아래 잠겨 있었고 돈 스벤

센은 추위와 배고픔에 시달렸다. 추위를 싫어하는 막달
레나는 신경이 예민해져 스벤센이 침대에 올라 이불 속에
발을 넣을 때마다 쉭쉭대며 짜증을 부렸다. 그는 결국
막달레나에게 옷과 이불을 전부 양보하고 온종일 추위
에 떨었다.

이따금 서로의 온기로 추위를 물리치는 날도 있었다.
그런 날이면 돈 스벤센은 뱀에게 몸을 바짝 붙인 채 봄
과 함께 찾아올 눈부신 성공을 꿈꾸었다.

3월, 그는 이따금씩 악마의 손가락을 움직여 굼뜬 여
우를 사냥하거나 죽은 토끼를 주워다가 막달레나와
나눠 먹었다.

4월이 되었지만 공기는 여전히 차가웠고, 마침내 찾아
온 태양도 언 몸을 녹여주지는 못했다. 돈 스벤센은 서
서히 지쳐가기 시작했다. 정글에서는 천하무적이었던 그
가 이제 말도 안 되게 쇠약해져 침내에서 나올 때마다 어
지럼증에 비틀거릴 지경이었다. 결국 그는 생리 현상을
해결할 때 말고는 침대 밖으로 나오지 않게 되었다.

돈 스벤센과 막달레나는 그렇게 4월 내내 잠만 잤다.
그리고 5월이 되어서 로이비크와 피오르두르가 그들을
찾아왔다. 붉은 골짜기에서 우연히 마주친 두 사람은
금을 찾는 사내에게 잠깐 인사나 나누고 돌아갈 생각

이었다.

　로이비크가 현관문을 두드렸다. 대답이 없었다. 여러 차례 반복해봤지만 실내는 조용하기만 했다.

　"이상한데." 그가 조심스럽게 문을 열고 안으로 고개를 들이밀었다. "집이 너무 추워."

　"덫을 살피러 갔겠지." 피오르두르가 말했다. "그런데 왜 안 들어가고 서서 그래?"

　"뱀이 있으면 어떻게 해?"

　"그렇게 사랑스러운 동물이 또 어디 있다고?" 피오르두르가 돈 스벤센을 흉내 내며 대꾸했다.

　"그럼 너 혼자 들어가." 로이비크가 제안했다. 그는 옆으로 한 발짝 비켜서며 피오르두르에게 길을 내주었다.

　피오르두르는 발꿈치를 든 채 살금살금 들어가서는 안을 대충 둘러보고 황급히 밖으로 나왔다.

　"스벤센이 안에 없는 것 같아." 집 밖으로 무사히 나왔다는 사실에 안도한 듯 그가 한결 편안해진 얼굴로 말했다. "괴물 뱀만 침대 위에 있는데, 쉭쉭거리는 게 기분이 꽤 좋아 보였어."

　"부츠는 바닥에 그대로 있는데?" 로이비크가 다시 안을 들여다보며 말했다. "제대로 본 거 맞아? 스벤센이 뱀 뒤에 누워서 몸을 녹이고 있던 거 아니야?"

"아니야, 스벤센은 안 보였어. 못 믿겠으면 네가 직접 가서 보든지." 피오르두르가 대꾸했다. "만일의 경우를 대비해서 내가 문고리를 잡고 있을게. 무슨 일이 생기면 얼른 나와."

로이비크가 심호흡을 하고 오두막 안으로 들어섰다. 그러자 막달레나가 불쑥 고개를 들곤 몇 미터나 되는 몸 앞부분을 흔들며 혀를 날름거리기 시작했다. 뱀은 생기로 가득했고, 새카만 눈은 로이비크를 향하고 있었다. 로이비크도 녀석을 마주 바라보았는데, 그 길쭉한 피조물과 눈이 마주친 순간 팔다리의 힘이 빠지고 귓속이 윙윙거리며 머리가 아득해지는 듯했다.

"어이, 어이, 진정하라고." 그가 속삭이듯 말했다. "돈 스벤센한테 잠깐 인사만 하고 갈게."

인어의 긴 몸에 전율이 일었다. 막달레나가 로이비크를 향해 침대 아래로 천천히 몸 앞부분을 내려놓았다.

"안 돼! 움직이지 마!" 로이비크는 뱀의 눈에서 시선을 떼지 않은 채 더듬더듬 말을 이었다. "절대 귀찮게 안 한다니까. 스벤센만 살짝 보고 갈 거야."

이어 그가 용기를 내 뱀의 머리 아래쪽으로 시선을 옮겼다. 늦가을의 살찐 바다표범이라도 삼킨 듯 녀석의 몸통 가운데가 불룩했다. 식사를 마친 지 얼마 안 된 모양이었다. 순간 섬광처럼 번득이며 뇌리를 파고든 생각에 로이비크의 입에서 비명이 새어 나왔다. 동료의 비명 소리에 피오르두르가 총부리를 겨누고 집 안으로 뛰어들었다.

"으악, 피오르두르!" 로이비크가 소리쳤다. "저 염병할 암컷이 돈 스벤센을 잡아먹었어!"

"그럴 리가! 피부가 닿는 걸 좋아한다고 했잖아." 피오르두르가 까치발을 하고 침대 위를 확인한 뒤 탄식했다. "진짜 미친 녀석이잖아! 스벤센처럼 착한 사람을 잡아먹다니! 아빠처럼 저를 얼마나 살뜰히 보살폈는데!"

"맞아, 하지만 여자를 잘 못 다루는 친구였지." 로이비크가 상기시켰다. "피오르두르, 이제 어쩌지?"

"어쩌긴 어째? 벌써 삼켰는데! 그래도 확인은 해볼 수 있지 않을까?"

로이비크는 연신 침을 삼켰다. "그러니까 네 말은⋯⋯ 스벤센을⋯⋯ 그러니까 배 속을 보자는 거야?"

"그래, 넌 그냥 나가 있어. 내가 할게."

"아냐, 손이 필요할지도 모르잖아. 도울게."

"가서 개들이나 지켜."

피오르두르는 이를 악물고 부드럽게 몸을 흔드는 뱀

을 향해 다가갔다.

　로이비크는 썰매 위에 앉아 담배 파이프를 채웠다. 그가 불을 붙이려는 찰나, 오두막 안에서 총성이 연달아 두 번 울리더니 곧 피오르두르가 커다란 가방을 들고 나왔다. 그는 썰매 위에 가방을 내려놓았다.

　묻는 듯이 바라보는 동료의 눈길에 그가 고개를 크게 끄덕였다. 그러곤 크게 소리를 질러 개들을 일으켜 세운 뒤 커다란 원을 그리며 천천히 엘리자베스곳을 빠져나갔다.

　올슨 선장은 쉽사리 놀라는 사람이 아니었다. 항해를 하며 온갖 일을 겪어온 터라 웬만한 일에는 눈썹 하나 까딱 않았다.

　하지만 그해 피오르두르와 흥정을 할 때는 사정이 달랐다. 그는 곰 가죽과 바다표범 가죽, 여우 가죽 사이에서 무려 5미터가 넘는 로열 보아뱀 가죽을 발견하고 눈이 휘둥그레졌다.

　"피오르두르, 이 엄청난 녀석은 뭐야?" 올슨이 넋 나간 얼굴로 피오르두르를 바라보았다.

　"아, 그거? 엘리자베스곳에서 주웠어. 운이 좋았지."

올슨 선장은 입을 다물지 못한 채 뱀 가죽을 내려놓고 한 차례 목덜미를 긁었다. "나랑 잠깐 노간주나무주나 한잔할까?"

"원한다면 얼마든지."

올슨의 권유에 피오르두르는 자작나무 쟁반이 놓인 식탁 앞에 앉았다. 선장에게 받을 이야기 값은 노간주나무주 두 병으로 하겠다고 이미 마음을 정한 뒤였다.

작은 페데르센

—
작은 물고기를 큰 물고기로 만드는
방법

로이비크는 로스만에서 같이 지낼 동료를 한 명 할당
받았다. 그의 요구 때문은 아니었다. 사냥 회사 대표가
운영 보조금을 올려 받으려고 기지 인원을 최대치로 늘
린 탓이었다.

몇 해 전부터 덴마크 언론은 기지 존속을 지지하는 세
력과 반대하는 세력이 벌이는 격렬한 논쟁을 보도해온
터였다. 논란이 지속되며 기지가 영원히 폐쇄될지도 모른
다는 추측이 나돌기 시작했다. 소수의 이상주의자들만
이 기지 존속에 찬성했을 뿐, 대부분은 막대한 금액을

유지비로 지출하는 일을 쓸데없는 예산 낭비로 여겼다. 그러나 기지 존속을 반대하는 이들도 폐쇄 이후 그린란드 북동부에 일어날 변화에 대해서는 함부로 청사진을 내놓지 못했다. 사실상 결과는 뻔했다. 버려진 영토는 국토방위의 의무를 다하지 못한 덴마크의 무능한 정치력을 증명하는 굴욕적 사례가 될 것이었고, 법의 보호를 받지 못하는 영토는 저마다 권리를 주장하는 이들로 아수라장이 될 터였다.

덴마크 의회에서 논쟁에 불이 붙었다. 많은 이가 덴마크령 앤틸리스제도를 들먹이며 그린란드를 통째로 미합중국에 파는 편이 낫다고 주장했다. 매각이 성립되면 자국민의 골칫거리인 기지의 야만인들을 모국으로 돌려보낼 수 있을 뿐 아니라, 경제적인 면에서도 비용 절감 효과가 있다는 것이었다. 모국으로 돌아간 야만인들이야 사회적 도움으로 근근이 연명한다 해도 어쩔 수 없는 노릇이었다. 이에 룸펠 의원은 장기를 발휘해 통렬한 연설로 지지자들의 의견을 모았다. 그는 그린란드 연안에 라디오 기지국을 건설했을 정도로 추진력이 대단한 남자였다. 룸펠 의원은 연설 내내 그린란드는 그린란드이며 남북으로 나뉠 수 없는 단일 국가임을 강조했다. 그의 말에 따르면 이 단일성은 중세 초부터 덴마크인의 뇌리에 각인되어 왔고, 앞으로도 지속될 덴마크의 정신이었다. 그가 보기에, 지금은 동부 해안에 경계선을 그을 게 아니라 오히려 확장해야 할 때였다. 스코레스뷔순 프로젝트를 북으로 확대해 보다 많은 사냥꾼이 여우와 사향소를 잡게 하고, 현재까지 미지의 세계로 남아 있는 지역에 대규모 지질 조사단을 파견해야 한다는 것이었다. 한때 탈장 수술로 코펜하겐에 머물렀던 로이비크 덕분에, 따뜻하면서도 믿음직한 어투로 진행되는 그의 연설은 사냥꾼들 사이에서도 이미 정평이 나 있었다.

"그린란드 북동부에는 지금 우리에게 부족한 방대한 땅이 있습니다." 룸펠 의원이 연설을 이어갔다. "청년들의 요구를 충족시킬 충분한 공간과 자유가 있습니다. 현재 인구가 넘쳐나는 그린란드 서부 주민들과 자주적이며 독립적인 삶을 원하는 덴마크 청년들을 사냥꾼들의 천국인 북동부로 이주시키면, 황무지는 우리의 손에 들어올 것이고 북동부의 산맥에 숨겨진 무궁무진한 자원 또한 우리의 것이 됩니다."

룸펠은 호크스테테르 포렐란 지역의 석탄과 붉은 강의 금, 오스카 왕 피오르의 아연 등 그린란드 북동부의 풍부한 자원을 하나하나 열거하는 주도면밀함도 잃지 않았다. 이해하기 쉬운 단어로 돈에 관해 이야기하는, 그야말로 모든 면에서 인상적인 연설이었다. 룸펠이 책상을 주먹으로 내리치며 소리쳤다.

"그린란드 북동부를 그냥 둬서는 안 됩니다. 그것은 국가의 정체성을 포기하는 일입니다. 그린란드를 포기한다는 건 유틀란트반도 남부를 독일에 가져다 바치는 꼴이나 마찬가집니다. 여러분 모두가 알다시피, 유틀란트반도 남부 사람들은 덴마크인이 아니죠. 그린란드 북동부도 마찬가지입니다. 그런데 왜 순수한 혈통의 덴마크인이 그곳에 가서 살면 안 됩니까? 지상에서 가장 척박한 땅에 가서 일하며 먼 옛날 조상들이 보여준 개척 정신을 다시 보여줄 수는 없습니까? 도대체 언제부터 덴마크가 눈앞의 이익이 없다는 이유로 영토를 포기해버리는 소심한 국가가 된 것입니까? 책임을 저버리고 우리가 이루어야 할 과제를, 애국심이라는 종교를 저버리는 그런 나라가 되어버린 겁니까? 토착민이 스스로 자신들을 지킬 힘이 생길 때까지, 우리가 들어가 집을 짓고 살면서 그들을 안전하게 보호해야 하지 않겠습니까? 그린란드를 식민지로 삼아 통치하는 것, 그래서 전 세계를 놀라게 하는 것, 이것이야말로 덴마크 정신이 아니고 무엇이겠습니까?"

뜨거운 토론이 이어졌다. 물론 그동안 사냥꾼들은 토론이 어디로 흘러가든 늘 하던 일을 할 뿐이었다. 한편 이 논쟁에 힘입어, 사냥 회사 대표는 최근 대두되기 시작한 덴마크의 실업 증가 문제를 개인적으로 해결하기 위해 새로운 사냥꾼들을 그린란드 연안으로 보내는 전략을 세웠다.

이것이 로이비크가 단 한 순간도 원한 적 없는 페데르센이라는 이름의 새로운 동료를 얻게 된 이유였다.

로이비크에게 페데르센은 1년쯤 머무르다 지나가버릴 하나의 현상에 지나지 않았다. 음경 덮개를 차고 우주선에 탑승한 파푸아뉴기니 원주민처럼, 페데르센이라는 친구도 북극에서 도무지 기를 펴지 못했다.

로이비크가 페데르센에게 개인적인 불만이 있는 건 아니었다. 다만 오랫동안 고독과 함께한 일상에 누군가 들어온 것이 불편할 뿐이었다. 게다가 주인을 찾아 파리로, 거기서 코펜하겐까지 갔다가 로스만으로 돌아온 충견 라반이 있기에 새로운 동료도 필요치 않았다. 라반은 페데르센이 가까이 갈 때마다 으르렁거리며 불편한 심기를 드러냈다. 로이비크는 녀석이 불쾌한 이방인의 냄새에 익숙해지기를 기다려야 했다. 오랜 친구를 줄에 묶으며 그는 페데르센이 로스만에 온 것은 그의 잘못이 아니며 따라서 관용을 베풀어야 한다고, 어차피 저 낯선 이방인은 두 계절도 못 견디고 떠날 거라고 속삭이며 개를 안심시켰다.

페데르센은 몹시 왜소한 사람이었다. 등이 굽어 늘 자신감이 부족해 보였고 말소리마저 조용했다. 자신의 과거에 대해 이야기하는 일이 없었기에 로이비크는 자연스레 그에 대해 호기심을 느끼기 시작했다.

여섯 달이 지나도록 페데르센은 거의 눈에 띄지 않았다. 언제나 시키는 일만 했고, 질문에만 입을 열었으며, 마음 깊이 고뇌를 간직한 사람처럼 곧잘 눈물을 글썽였다.

페데르센의 이러한 특징은 종종 사람들의 입에 오르내리며 화제가 되었다. 당연한 일이었다. 그는 독특했고, 독특한 사람들은 언제나 타인의 이목을 끄는 법이다. 아닌 게 아니라 그에겐 묘한 구석이 많았다. 마치 마음 깊이 감춘 비밀에 꽁꽁 묶여 있는 사람 같았다.

페데르센의 비밀이 밝혀진 건 어느 날 톰슨곳에서 잔치가 열리던 저녁, 사냥꾼들이 모두 모인 자리에서였다.

아무도 예상치 못한 일이었다. 초보 사냥꾼 페데르센이 자기 이야기를 꺼내기 시작하자 모두들 속으로 환호하며 귀를 기울였다. 그가 입을 연 것은 밸프레드의 월 귤나무주나 백작표 포도주 때문은 아니었다. 그는 음료를 거의 입에 대지 않았으니 말이다. 페데르센은 조용히 의자에 앉아 넘쳐나는 자기 문제에 골몰하다가 결국 제풀에 지쳐버린 것이다. 늘 조용하던 친구가 말문을 열자, 파티에 모인 이들 모두가 까무러칠 듯 놀라며 흥분과 기대감에 몸을 떨었다. 과연, 극지의 어둠은 고민을 지닌 이들에게 늘 기묘한 영향을 미치는 법이었다.

이곳에 오는 사람들은 일시적인 변덕을 겪곤 했다. 그린란드 북동부에서는 이러한 기분 변화를 두고 북극의 현기증, 혹은 검은 광기라 불렀고, 그린란드의 남부와 서부에서는 카카무트라고 불렀다.

원인이 무엇이든 이 북극의 현기증은 다음과 같은 단계를 거치며 천천히 희생자의 내면에 둥지를 틀었다. 첫째, 문제가 커진다. 둘째, 문제가 더 커진다. 셋째, 희생자의 목을 조인다. 넷째, 희생자는 숨 막히는 현기증으로부터 자신을 구해줄 무언가를 찾는다. 이러한 정신병적 증상 외에도 북극의 현기증은 스스로 진화하며 수많은 변종을 만들어냈다. 그중에는 수면이라는 비교적 가벼운 증상도 있었다. 끝없이 밀려드는 졸음의 형태로 진화한 이 변종은 대부분 해결할 수 없는 문제로부터 자신을 방어하려고 하는 애송이들에게 생겨났는데, 이들은 대개 인생이 편치 않았다. 수면을 제외한 다른 변종은 글자 그대로 '광적'이라는 표현에 더없이 부합했다. 이 덫에 걸린 사람들은 미친 듯 뛰어다니며 여우처럼 달을 향해 울거나 닥치는 대로 부수고, 움직이는 모든 것에 총을 겨누었다. 이들에게는 맹세하고, 울고, 웃고, 음탕한 노래를 부른다는 공통점이 있었다. 이렇듯 증세는 대부분 가만히 내버려두면 제풀에 지쳐서 괜찮아졌기에 크게 걱정할 필요는 없었다. 이따금 건망증이라는 후유증이 남기는 했지만, 며칠이면 발작이 사라지고 모두 텅 빈 존재가 되어 한결 맑고 순수한 정신세계로 돌아오곤 했다.

현기증의 영향으로 고독한 방랑자가 되는 경우도 있었다. 행복을 사냥하겠다며 남쪽으로 가거나, 보트를 타고 아이슬란드를 향해 노를 젓는 이들이었다. 이 중에서 두 번째 경우는 상황이 심각해서 사냥꾼들은 고독한 방랑자가 타고 간 보트를 미행하며 감시해야 했다. 그뿐 아니라 검은 여인의 입맞춤*을 먹고자 하는 갈망을

---

* 비스킷 위에 돔 모양으로 마시멜로를 얹고 겉을 초콜릿으로 감싼 디저트.

억누를 수 없거나 여성에 대한 환상이 들러붙어 자신감이 일시에 사라지고 우울증을 겪는 것도 다 이 북극의 현기증이 일으키는 일이었다.

페데르센의 경우는 마지막 증상에 가까웠다. 그는 자신의 문제가 그린란드에서 눈덩이처럼 커질 줄은 꿈에도 몰랐다. 그가 입을 열자, 사냥꾼들은 저마다 철학자와 영혼의 치료사가 되어 동료의 이야기에 귀를 기울였다.

페데르센은 과거 속으로 들어갔다. 그는 겸자분만으로 태어났고, 어머니가 모유 수유에 어려움을 겪은 탓에 분유를 먹으며 성장했다. 열한 살까지 침대에 오줌을 쌌고, 학교에서는 낙제를 했다. 형제들과 어울리지 못했으며, 수예점에서 수습생 노릇을 하던 시절에는 등신처럼 굴었다. 오직 군 복무 중에만 과녁을 명중시키며 존재감을 드러냈다. 시력이 남달리 좋았던 그는 수많은 트로피와 상금을 받았고, 이러한 경력 덕에 사냥 회사의 사냥꾼으로 고용될 수 있었다.

"총을 쏠 줄 알면 뭐해? 난 쥐뿔도 아닌데." 그가 슬픈 얼굴로 중얼거렸다. "다 내가 너무 작아서 그래."

"대체 어쩌다 이곳까지 오게 된 거야?" 매스 매슨이 물었다. "여긴 네가 있을 곳이 못 돼."

페데르센은 굽은 어깨를 들썩여 보였다. "맞아, 내 생각도 그래. 이곳은 나를 위한 곳이 아니야. 항상 그랬어. 내가 있을 곳은 언제나, 어디에도 없었지. 어딜 가나 아무짝에도 쓸모없는 건 똑같으니까. 저 아랫동네에서도 그랬어. 맨날 뼈 빠지게 일만 할 뿐 원하는 건 하나도 얻지 못했지."

"네가 어디가 어때서 그래? 원해도 못 얻은 건 또 뭐고?" 낯짝이 물었다.

"그걸 몰라서 물어? 당연히 여자지. 앞으로도 가망이 없어. 나는 그게 안 되거든."

매스 매슨이 놀라서 그를 보았다. "정말이야?"

페데르센이 비통한 표정을 지으며 고개를 끄덕였다. "응."

매스 매슨은 이 새로운 동료에게 흥미를 느꼈다. 여자 앞에서 쭉정이가 되는 사내는 처음이었다. 그로서는 믿기지 않는 일이었다. 매스 매슨 자신이 연안을 두루 여행하며 수많은 사내들의 가슴에 불을 지핀 차가운 처녀 엠마를 창조한 장본인이었으니 당연했다. "시도는 해봤어?" 그가 물었다.

"시도? 물론 해봤지. 한 번도 성공하지 못했지만." 페데르센은 고통스러운 표정으로 방 안을 둘러보며 기어들어가는 목소리로 탄식했다. "난 너무 작아. 계산대 위로 겨우 올라오는 수준이야."

페데르센의 말에 매스 매슨은 오랫동안 생각에 잠겼
다. 계산대 위로 겨우 올라온다니, 그게 무슨 뜻일까?
숨겨진 다른 의미가 있는 건가? 덴마크에서 유행하는
신조어인가?

"아, 음, 좋아, 그러니까, 그 모든 게 네가 계산대 위로
겨우 올라와서란 말이지?"

페데르센이 고개를 끄덕였다. "맞아, 여자들은 늘 머
리 위에서 날 내려다봐. 무슨 말인지 알지? 그건 지옥이
야. 그런데도 난 15년 동안 여자들한테 속옷을 팔았어.
상상이 가? 손바닥만 한 실크 팬티, 투명 스타킹, 빨간
장미 장식이 달린 검은색 가터벨트, 밸프레드가 눈 밑에
달고 다니는 다크서클만 한 브래지어 같은 것들. 비요
르켄의 해먹처럼 망사로 된 속옷도 있었어. 난 그런 걸
매일 팔아야 했어." 그가 입술을 파르르 떨며 말을 이었
다. "제일 끔찍한 건 피부랑 색이 같은 거들이었어. 아무
도 모를 거야. 내가 그런 걸 팔면서 기분이 어땠는지."

그가 얼굴을 두 손으로 감쌌다. 방 안에 침묵이 감돌
았다. 검은 머리 빌리암의 침대에 누워 있다가 증류주를
마시려고 베개에서 잠깐 머리를 뗀 밸프레드도 긴장감
을 느끼고 술잔을 내려놓을 정도였다.

한동안 꼼짝하지 않던 페데르센이 곧 얼굴을 감싸고 있던 두 손을 내리곤 바닥으로 고개를 떨구었다.

"15년 동안이나 그딴 걸 팔아야 했다고. 그동안 내가 위안받을 곳은 꿈속이 전부였어."

"진짜 지옥이었겠네." 매스 매슨이 목덜미를 긁었다. "페데르센, 여자들이 꼼짝 못 하게 혼쭐을 내주지 그랬어!"

"그러기에는 내가 너무 작아." 페데르센이 한숨을 내쉬었다. "여자들은 나를 낙타털로 만든 무릎 싸개보다도 하찮게 여겨. 나는 여자를 휘어잡을 수가 없어."

검은 머리 빌리암이 연민 어린 시선으로 페데르센을 바라보았다. "제기랄, 페데르센, 더는 이렇게 살아서는 안 돼. 망가진 물건은 정기적으로 수선을 해줘야지, 안 그러면 미쳐버린다고. 다음에 나랑 같이 남쪽 곳으로 가자. 거기 가서 네 것도 고쳐보는 거야."

페데르센이 천천히 고개를 흔들었다. "빌리암, 그럴 필요 없어. 아무도 나하고는 안 할 테니까. 그래서 여기 온 거야. 여긴 머리를 돌게 만드는 여자가 없잖아."

"아냐, 남쪽 곳에 가면 여자가 잔뜩 있어." 검은 머리 빌리암이 대꾸했다. "구릿빛 피부의 암고양이들이 얼마나 많은데! 게다가 엄청나게 예뻐. 피오르에 썰매가 들어서면 다들 멧비둘기처럼 달려든다니까. 그러니까 페데르센, 다음에 나랑 꼭 같이 가보자.”

"그래봐야 소용없다니까.” 페데르센의 목소리가 갈라지기 시작했다. 금방이라도 울음을 터뜨릴 것 같았다. "난 작아. 그냥 작은 게 아니라 작아도 너무 작아. 나도 그걸 알고.”

뱉프레드가 남은 술을 서둘러 들이켠 뒤 잔을 선반에 내려놓았다. "어이, 페데르센, 크기 얘기는 그만해. 남자한테 크기는 전혀 중요하지 않아. 내가 이렇게 말할 수 있는 건, 코르쇠르 출신의 진짜 마초 때문이야. 키도 작고 피그미족처럼 비리비리한 녀석이었지. 게다가 커다란 코에서는 망가진 수도꼭지처럼 콧물이 줄줄 흘렀다고. 그런데도 놈은 마음에 드는 여자를 보는 족족 죄다 건초 너머로 데려갔어. 어떻게 그럴 수 있었냐고? 녀석은 그야말로 피그미족 같았거든. 옛날에 아프리카에 갔다가 피그미족을 만난 사람한테 들었는데, 피그미족 남자들은 키는 작지만 늘 발사 준비가 된 음경을 갖고 있대. 페데르센, 너도 그럴지 몰라. 크기와 생김새는 진짜 하나도 안 중요해. 코르쇠르 놈을 생각해보라니까. 여자들은 그놈 얘기만 나오면 만나고 싶어 어쩔 줄을 몰랐어. 작지만 진정한 수탉이었지. 녀석은 슬라겔세와 소로,

두 도시를 오가며 자식을 만들었다니까. 코르쇠르 촌놈이 말이야."

"소질이 있었네." 페데르센이 한숨지었다. "나한테는 없는 능력이야."

"녀석은 눈빛부터 달랐어. 장난이 아니었지." 밸프레드는 고개를 끄덕이며 침대에 드러누워서는 배 위로 양손을 마주 잡았다. "지금도 기억나. 녀석의 성기는 영원히 닳지 않는 건전지 같았어. 페데르센, 분명 너도 그럴 거야."

페데르센이 다시 어깨를 으쓱였다. 그런 환상적인 무기를 손에 넣어본 적 없는 그에게는 아무 의미 없는 조언이었다. "나는 너무 작아." 그가 중얼거렸다. "작다는데 다들 왜 이래? 그만해. 더는 못 참겠어."

사냥꾼들은 페데르센을 둘러싸고 앉아 본격적으로 해결 방안을 모색하기 시작했다. 페데르센에게도 가치 있는 무언가가, 자존감을 되찾는 데 도움이 될 만한 무언가가 있을 터였다. 모두는 한동안 페데르센을 관찰했지만, 곧 마음이 불편해졌다. 특출난 점이 하나도 없다는 사실을 인정하지 않을 수 없었던 것이다. 눈만 해도 그랬다. 페데르센의 눈은 뾰족한 콧날을 중심으로 지나치게 몰려 있고, 붉은색 속눈썹 탓에 가뜩이나 작은 눈이 더 작아 보였다. 이성을 유혹하기에는 터무니없이 부족했다.

"가만있어봐. 다른 걸 생각해보자. 인간의 몸에 눈만 달린 건 아니잖아." 한센 중위가 주의를 환기했다.

모두가 기대에 부푼 얼굴로 중위를 쳐다보았다. 전술가의 눈이 아무도 발견하지 못한 페데르센의 장점을 포착했다고 생각한 까닭이었다.

"난 곧고 다부진 등이 성적 어필에 무엇보다 중요하다고 생각해." 중위가 말했다. "자신감, 남성성, 힘, 의욕, 그런 걸 증명하니까. 전부 여자들이 좋아하는 것들이잖아."

모두들 페데르센의 등을 눈으로 살펴보기 시작했다. 결과는 씁쓸했다. 그가 아무리 등을 똑바로 펴고 걸어봐도, 치즈 덮개처럼 둥근 등에서는 매력을 전혀 찾아볼 수 없었다. 그 안에 무언가 퇴폐적이면서도 굴욕적인 것이 존재해서, 보는 사람의 눈과 마음을 계속 불편하게 만드는 것만 같았다. 결국 등도 아니었다. 젊은 여자들이 그런 등을 보고 마음을 빼앗길 리 없었다. 사냥꾼들은 그가 내적으로나 외적으로나 불행한 운명을 타고났음을 인정할 수밖에 없었다.

"괜찮아, 그래도 남쪽 곳에 가면 될 거야." 검은 머리 빌리암이 중얼거렸지만, 마음속으로는 멧비둘기들이 과연 페데르센을 보고 달려올지 의문이었다.

또 한 번의 침묵이 방 안에 내려앉았다. 잠시 후, 울먹이던 페데르센이 몸을 일으키더니 구부정한 등을 하고서 실내를 가로질러 밤의 어둠 속으로 사라져버렸다.

"엠마를 돌려보낸 건 멍청한 짓이었어." 매스 매슨이 중얼거렸다. "페데르센한테는 엠마가 필요해. 그녀가 있었다면 적어도 가슴이 뛰었을 테니까."

사냥꾼들은 현기증의 다음 단계를 기다렸다. 페데르센이 곧 고함을 질러대거나 고독한 방랑자들처럼 뱃전에 나타날 거라는 게 그들의 생각이었다. 그런데 예상과 달리 아무 일도 일어나지 않았다. 로이비크는 실망했다. 집으로 가는 내내, 그는 모종의 변화를 일으켜 로스만에서의 남은 겨울을 재미있게 보낼 방법을 궁리했다. 생각하면 생각할수록 새 동료에 대한 동정심을 억누를 수가 없었다. 자기 입으로 밝혔다시피, 페데르센에겐 여자의 환심을 살 만한 능력이 눈곱만큼도 없었다. 존재감이 너무 없는, 아예 아무것도 아니라고 할 수 있는 그런 사람이었다.

페데르센은 착실히 일했지만 사냥에도 도무지 소질이 없었다. 그는 늘 눈으로 뒤덮이는 곳에 덫을 놓았고, 총에는 항상 고드름이 껴서 필요한 순간 제대로 작동하는 법이 없었다. 가죽을 벗기는 일도 잘 해내지 못했다. 어쩌다 딱 한 번 흠집 없이 가죽을 벗겨 화덕 위의 건조대에 무사히 널어놓은 적이 있었지만, 열판을 들어 올리다가 손가락을 데고 부지깽이로 털가죽에 구멍을 내버렸다. 모두 페데르센이라는 훌륭한 이름과 어울리지 않는 행동이었다.* 로이비크는 무언가가 근본적으로 잘못됐다고 보았다. 페데르센을 도울 길은 그 무언가를 고치는 것뿐이었다.

집으로 돌아온 로이비크는 주의 깊게 동료를 관찰하기 시작했다. 그리고 오래지 않아, 페데르센이 스스로에게 느끼는 환멸감이 사실상 실재하지 않는다는 결론에 도달했다. 페데르센이라는 사내의 내면에는 하소연을 늘어놓으며 자기를 드러내는 누군가가 살고 있었다. 사실 페데르센은 최악도 최상도 아니었다. 보통 사람보다

—

* 페데르센은 '베드로의 아들'이라는 뜻이다.

추하지도 않았고, 혐오감을 일으키지도 않았으며, 특별히 작지도 않아 무리 없이 두 다리로 바닥을 짚고 설 수 있었다. 한마디로 그는 평범한 사람들과 크게 다를 것이 없었다.

페데르센을 낮게 하려면 가장 먼저 페데르센을 완전히 사라지게 해야 했다. 그러니까 페데르센이 페데르센이라고 믿는 페데르센을 사라지게 만들어야 했다. 로이비크가 생각하기에 이는 그리 어려운 일이 아니었다. 페데르센이 생각하는 페데르센은 사면발니처럼 작아서 손가락 두 개만으로도 쉽게 으스러뜨릴 수 있었다. 로이비크는 작동을 멈춘 페데르센을 체계적으로 무너뜨리기로 결심했다. 이것이 그가 동료를 지옥의 세계로 이끈 이유였다.

지금껏 로이비크는 이해심을 갖고 페데르센을 너그럽게 대해왔다. 페데르센이 비통한 얼굴로 우울해하며 시간을 허비할 때도 안쓰러워하며 내버려두었다. 하지만 더는 아니었다. 로이비크는 페데르센이 여우 가죽에 구멍을 내면 불같이 화를 냈다. 음식을 두고도 호통을 쳤고, 침울한 표정, 고약한 입 냄새, 비위생적인 생활 방식을 나무랐다. 매일 키가 작다고 놀렸으며, 그 예민한 부분, 그러니까 페데르센이 매스 매슨의 집에서 고백한 여자 문제를 거리낌 없이 조롱했다.

그때마다 페데르센은 고개를 숙인 채 굽은 등 위로 쏟아지는 비난과 욕설을 감내했다.

로이비크는 될 수 있는 한 자주 여자 이야기를 꺼냈다. 남쪽 곳에 사는 아가타를 들먹이며, 그녀가 검은 머리 빌리암과 벌이는 애정 행각을 적나라하게 묘사했다. 노골적인 묘사의 수위는 저녁마다 높아졌고, 페데르센은 결국 거의 보이지 않을 만큼 작아졌다.

로이비크가 이제 마무리를 해야겠다고 마음먹은 건 3월 말이 되어서였다. 이즈음 페데르센은 두서없는 말을 중얼거리고, 대낮부터 엄마를 찾는가 하면, 매일 밤 로이비크가 일어나 닥치라고 고함칠 때까지 요란하게 잠꼬대를 했다.

로이비크 앞에서 그는 손을 떨며 매 맞은 개처럼 기어다녔다. 좋은 징조였다.

이쯤에서 한 가지 밝혀둘 것이 있다. 로이비크는 학식이 풍부한 사람이 아니었다. 정신병이 발병하기 전의 증상이나 악화 과정, 신경쇠약이나 도발을 일으키는 강박증에 대해 아는 거라곤 전혀 없었다. 하지만 그는 직관을 믿고 따를 줄 아는 사람이었으니, 페데르센에게는 그야말로 엄청난 행운이었다. 로이비크는 직관에 따라 페데르센을 조금씩 죽여나갔다. 페데르센의 뇌는 스스로를 난쟁이라 정해놓고, 자기를 제외한 세상 사람 모두를 초인으로 여기고 있었다. 이것이 로이비크가 작은 페데르센을 더 작게 만들어 아예 사라지게 하기로 마음먹은 이유였다. 작은 페데르센이 사라져야 진짜 페데르센이 모습을 드러낼 수 있기 때문이었다. 존중과는 거리가 먼 방식으로 동료를 대하는 일이 두 사람 모두에게 그리 유쾌하지는 않았지만, 로이비크는 큰 페데르센이 탄생할 날을 고대하며 온갖 난관을 헤쳐나갔다.

로이비크와 페데르센이 거실에 앉아 가죽에 감자 전분을 뿌리던 저녁이었다. 넋 나간 표정으로 자기 바지에 감자 전분을 뿌리는 페데르센을 로이비크가 험악한 눈으로 노려보았다.

"염병, 뭐 하는 짓이야?" 로이비크가 으르렁댔다.

"미안."

페데르센은 어찌할 바를 몰라 가루가 묻은 손을 들어 양 볼을 신경질적으로 문질렀다.

"왜 그래? 개울에 빠진 똥개마냥, 엉?" 로이비크가 화를 내며 고개를 흔들었다. "봐, 네가 바닥을 얼마나 더럽혔는지 좀 보라고!"

페데르센이 여우 가죽을 내려놓으며 중얼거렸다. "미

안, 생각이 좀 많아서."

"그걸 지금 자랑이라고 떠들어? 난쟁이 페데르센, 넌 난쟁이야. 썩 꺼져. 지금 당장 짐 싸서 나가라고! 너랑 있으면 늘 말썽이 생기지. 왜 그런지 알아? 네가 골칫거리라서 그래! 우라질, 이젠 그 상판대기를 좀 들어도 되잖아. 주변을 좀 둘러보라고! 뭐 느껴지는 거 없어?" 로이비크가 맹렬히 비난을 쏟아냈다.

"글쎄."

페데르센은 낙담한 얼굴로 주방으로 걸어가 로이비크의 눈초리를 견뎌내며 음식을 만들기 시작했다. 사향소 넓적다리에서 고기를 두 점 베어낸 뒤 고깃덩어리를 불길 속에 휙 던지고는, 석탄 한 조각을 조심스럽게 프라이팬 위에 얹었다. 아닌 게 아니라 그날 저녁의 페데르센은 정말 생각이 많아 보였다.

"내일 여행을 떠나야 해." 로이비크가 선언했다. "오래 걸릴 거야."

페데르센은 고개를 끄덕였다. 여행을 떠나야 한다니, 따라가면 그만이었다. 어쩌면 그 편이 오두막에 있는 것보다 나을지도 몰랐다. 이윽고 프라이팬에서 지글대며 구워지는 시커먼 석탄을 발견한 페데르센이 초조하게 로이비크의 눈치를 살폈다.

"왜? 내가 구운 석탄을 얼마나 좋아하는데!" 로이비크가 농담을 했다. "가능하면 피가 보일 정도로 살짝만 구워줘."

페데르센은 사과의 말을 수천 번 전한 뒤 프라이팬에서 석탄을 꺼내 화덕에 던지고 고기를 다시 잘랐다.

"어디로 가?" 그가 물었다. 궁금하지 않았지만, 관심을 보이면 로이비크가 좋아할 것 같았다.

"북쪽으로 갈 거야." 로이비크가 대답했다.

"아, 북쪽." 페데르센은 한동안 검붉은 고깃덩어리를 쳐다보고 있다가 다시 자리에 앉아 칼을 집어 들었다. 그리고 크게 심호흡을 한 뒤 여우 가죽을 벗기기 시작했다.

마침내 태양이 돌아왔건만 페데르센에게는 아무런 재생 효과가 보이지 않았다. 그의 경우에는 오히려 역효과가 났다. 하지만 로이비크는 그러한 현상에 대해 잘 알고 있었다. 묘하게도 대부분의 정신 발작은 태양이 진홍색 얼굴로 돌아올 무렵 발생하곤 했던 것이다.

페데르센은 썰매 뒤에서 종종걸음으로 걸었다. 그의 얼굴은 아침 햇살 아래 더욱 어둡고 초췌해 보였다. 그는 한 손을 썰매 등받이에 올려놓은 채, 굽은 등 아래서 열심히 움직이는 부츠 끝에 시선을 고정했다. 로이비크는 아노락 모자를 뒤로 젖히고 라반이 끄는 썰매 위에 편안히 앉아 아직은 서늘한 태양 광선 아래 즐겁게 물결치는 풍경을 감상했다.

검은 피오르는 이 계절에 특히 아름다웠다. 둥근 모양으로 봉긋이 솟은 산봉우리는 강에서 미역을 감는 요정처럼 매혹적이었다.

"다들 이곳을 '처녀의 길'이라고 불러." 로이비크가 말했다.

이 무심한 말이 페데르센의 귀에는 가시 돋친 비난으로 들렸다.

"아, 그래?" 부츠에서 시선을 떼지 않은 채 그가 대답했다.

"예전에 로아르라는 노르웨이 사냥꾼이 있었는데, 여기서 달을 총으로 쏘아 떨어뜨리려고 했지." 로이비크가 말했다.

"아, 그래?" 페데르센이 말했다.

"현기증 때문이었어." 페데르센의 반응을 살피며 로이비크가 말을 이었다. "로아르는 여러 번 현기증을 겪었어. 그래서 결국 붙잡아 돌려보내야 했지. 뜬소문이 아니라 진짜 있었던 일이야. 내가 직접 거들기도 했어."

페데르센은 숨을 헐떡이며 썰매 등받이를 다른 손으

로 바꿔 잡고는 썰매 위에 편히 앉은 로이비크의 눈치를 살폈다. 잠시라도 앉아서 쉬고 싶었지만 그런 말을 입 밖에 낼 수가 없었다. 라반의 주인은 로이비크였고, 따라서 페데르센에겐 썰매에 대한 권한이 없었다. 페데르센은 숨이 가빴다. 실외 생활에 익숙지 않은 그에겐 자연이 무섭고 위협적으로만 느껴졌다.

"로아르는 진짜 특이한 놈이었어. 89년식 소총으로 달을 잡겠다고 그 난리를 치더니 한 달 만에 탄약을 두 통이나 비웠다니까. 그 바람에 하우나 살림이 거덜 나고 말았지. 그런데도 달을 떨어뜨리지 못하니까 괜히 우리한테 시비를 걸었어. 나중에는 욕을 해대며 총부리까지 겨누지 뭐야. 그러면서 달이 자기 거라고 주장했어. 달을 처음 발견한 사람이 자기라고 말이지." 로이비크는 바닥에 코를 풀고 바다표범 가죽으로 만든 장갑으로 코 밑을 훔쳤다. "얼마나 미쳐서 날뛰던지 3월 이후로는 아무도 하우나에 갈 엄두를 못 냈지. 그러다가 결국 8월에야 놈을 붙잡았어."

"아, 그래?"

"응. 나랑 밸프레드랑 올슨, 그리고 올슨의 부하들이 로아르가 숨어 있던 골짜기로 갔어. 로아르한테는 아직 하우나에서 가져온 술 6리터와 탄약이 남아 있었지. 다행히 시간은 충분했어. 그해에는 얼음이 녹는 걸 기다리느라 올슨이 오스카 왕 피오르에 배를 댔거든. 우린 녀석이 술을 다 마실 때까지 기다렸어. 가끔 허공으로 모자를 던져 놈이 모자를 향해 총을 쏘도록 유도하면서. 녀석을 붙잡은 건 술과 탄약이 모두 떨어진 뒤였어. 로아르는 밧줄에 묶인 채 기쁨의 눈물을 흘렸고, 베슬 마리호에 데려다놨을 때는 거의 정상으로 돌아와 있었지."

페데르센은 대꾸하지 않았다. 사실 그에게는 달을 향해 총을 쏘는 로아르가 그리 이상한 인물로 여겨지지 않았다.

밤이 되자 두 사람은 텐트를 치고 저녁을 먹은 뒤, 곧바로 침낭에 들었다. 페데르센은 침낭에 몸을 다 집어넣기도 전에 잠이 들었고, 밤새도록 악몽에 시달리며 생쥐처럼 비명을 질러댔다.

"불쌍한 놈!" 로이비크가 페데르센을 보며 중얼거렸다. 그는 얼른 침낭에서 나와 텐트를 거두고 썰매에 소지품을 싣기 시작했다. 이제 라반을 깨워 페데르센을 뒤로한 채 밤의 푸른 그늘 속으로 사라지기만 하면 되었다.

페데르센은 깊이 잠들어 있었다. 총, 탄약통, 버너, 5리터들이 석유통 두 개, 그리고 그 옆에서 널브러져 자는 페데르센의 모습이 마치 흰 피오르 한복판에 찍힌 지저분한 얼룩 같았다. 그가 노천에서 잠을 청한 것은 북극 연안에 온 이후 그날이 처음이었다. 로이비크와 함께 다른 기지를 돌 때를 제외하고는 늘 기지 근처의 덫만 살폈을 뿐, 시야에서 기지가 사라질 만큼 멀리 가본 적도 없었다.

이튿날 아침, 페데르센이 눈을 떴다. 구름 한 점 없이 파란 하늘 아래 그가 처음 느낀 감정은 극심한 고독이었다.

"로이비크?" 그는 엄습하는 불안감에 좌우를 살폈다. 하지만 로이비크는 보이지 않았다. 라반도, 썰매도 없었다. 보이는 거라곤 총 한 자루와 탄약통, 버너 그리고 석유통뿐이었다.

그는 놀라워하며 자리에서 일어났다. 그리고 쏟아지는 햇살에 눈살을 찌푸리며 광활한 빙원을 둘러보았다.

"로이비크, 어디 있어?" 그가 겁먹은 목소리로 속삭였다. "이러지 마. 아무 말도 없이 사라지면 나더러 어떻게 하라고?"

페데르센은 침낭에서 나와 옷을 주워 입고는 배낭을 깔고 앉은 채 로이비크가 돌아오기만을 초조하게 기다렸다. 자신이 버려졌다는 사실을 깨달은 건 초저녁이 다

되어서였다.

"나한테 이러지 마!" 혼자라는 두려움 속에서 그가 몸을 떨며 신경질적으로 울부짖었다. "넌 날 두고 아무 데도 못 가! 내가 너를 꼭 찾아낼 테니까!" 그는 서둘러 소지품을 챙긴 뒤 로이비크가 남긴 썰매 자국을 따라 걷기 시작했다.

늦은 저녁, 썰매 자국이 사라졌다. 페데르센은 당황해서 사방으로 고개를 돌렸다. 반경을 넓히며 주변을 샅샅이 살펴봤지만 썰매의 흔적은 보이지 않았다. 그가 길을 잃은 지점은 새벽마다 검은 해협이 일으키는 눈보라에 흔적이란 흔적은 모두 지워지는 곳이었다. 로이비크는 이 사실을 익히 알고 일부러 이곳을 경유해 스나르 언덕으로 간 터였다. 추적을 피해 무사히 로스만으로 가기 위해서였다.

페데르센의 머릿속은 거대한 카오스로 빨려 들어갔다. 지칠 대로 지친 그는 배낭 위에 주저앉아 양손으로 머리를 감쌌다. 그러곤 온 세상의 비극을 혼자 짊어진 사람처럼 흐느껴 울기 시작했다. 고통스러운 지난날이 주마등처럼 스쳐가며 멸시와 조롱, 비웃음 등 이제껏 겪어온 온갖 수모가 떠올랐고, 참을 수 없는 서러움이 찾아왔다. 그는 어둠이 깊어지도록 배낭 위에 앉아 자신의 가련한 운명을 파멸로 이끈 이 냉혹한 삶을 저주했다. 그러다 온몸을 파고드는 냉기를 느끼고서야 해가 졌다는 사실을 깨달았다. 페데르센은 침낭을 펴고 안으로 들어가 모자를 눌러썼다. 그러고는 어둠 속에서 다시 눈물을 흘렸다.

페데르센은 잠을 설쳤다. 춥고 무서웠다. 침낭 밑에서는 얼음이 빠드득거리며 이 가는 소리를 냈다. 그는 빙판이 갈라져 바다 한가운데로 떠내려가게 될까 봐 두려웠다. 북극에서 살기 시작한 이후 처음으로 빛의 소중함을 절감하는 시간이었다. 그는 곰과 여우의 습격에 대비해 5분마다 침낭에서 고개를 내밀고 망을 봤다. 로이비크의 말에 따르면 이곳에는 곰과 여우가 많았다. 결국 그는 해가 뜬 다음에야 잠이 들었고, 어둡고 무거운 꿈에 시달렸다. 이미 로이비크가 검은 피오르에 자리를 잡고 앉아 커다란 쌍안경을 눈으로 가져갈 즈음이었다.

죽음의 위협을 느낄 만큼 위험한 날들이 이어졌다. 그는 밤마다 추위에 떨며 잠을 이루지 못했고, 낮에는 자다 깨다 울기를 반복했다. 페데르센은 외로웠다. 인간이 극복하기 힘든 극한의 외로움이었다. 그럴 때마다 그는 큰 소리로 아빠와 엄마, 로이비크와 라반을 불렀다. 그러면 이상하게도 마음이 편해졌다. 듣는 이가 아무도 없다는 사실을 알기에 가능한 일이었다.

사흘째가 되던 날에는 바람이 불기 시작했다. 로이비크는 산속에서 페데르센을 관찰하다 말고 텐트의 고정 로프를 팽팽히 당긴 다음, 삽으로 눈을 퍼서 절벽 아래로 던졌다. 곧 봄의 태풍이 시작될 터였다.

페데르센도 바람을 느꼈다. 차가운 바람이 침낭 안으로 들이쳐 뼛속까지 한기가 돌았다. 순간 무엇에라도 파고들어야겠다는 생각이 들었다. 어디서 비롯된 생각인지는 알 수 없지만, 이런저런 상념 사이로 순식간에 떠오른 생각이었다. 그는 주변을 둘러보았다. 멀리 해안가에 높게 쌓인 눈 더미가 보였다. 굴을 파기에 적당한 높이였다.

눈은 단단하게 굳어 있었다. 페데르센은 소지품을 내려놓고, 얼음처럼 단단해진 바다표범 가죽 장갑으로 굴을 파기 시작했다. 위에서 아래로 눈을 파 내려가다 보니 어느새 굴이 키 높이만큼 커졌다. 그는 자신의 판단이 옳았음을 알았다. 이제 내부 공간을 넓힐 차례였다. 그는 눈보라를 일으키며 정신없이 작업에 몰두했다.

은신처를 완성하기 직전, 폭풍이 일었다. 페데르센은 서둘렀다. 눈덩이를 적당한 길이로 잘라서 입구를 막자,

마침내 사방이 눈으로 둘러싸인 정육면체의 견고한 은신처가 완성되었다.

페데르센은 안으로 들어가 침낭을 펴고 누웠다. 온몸의 근육이 욱신거리며 피로감이 엄습했지만 기분은 그리 나쁘지 않았다. 안도감이 일며 시장기가 느껴졌다. 사흘 내내 비어 있던 위장이 꾸르륵 소리를 내며 아우성쳤다. 먹을 것을 찾아서 은신처를 둘러보자, 바다표범 가죽으로 만든 가느다란 소총 끈이 보였다. 페데르센은 끈을 조금 끊어서 입에 넣고 맛을 보았다. 먹을 만했다. 매캐한 냄새가 나기는 했지만 밥맛 떨어지는 세상보다는 나았다.

끈을 꼭꼭 씹으며 그는 주변에서 들리는 소리에 귀를 기울였다. 먼저 바람 소리가 들렸고, 이어 심장의 두근거림이, 음식을 씹느라 턱이 부딪치는 소리가 평소보다 크게 들려왔다. 페데르센은 양팔을 들어 자기 손목과 손의 모양을 찬찬히 살폈다. 그러고는 손가락 끝으로 허공에 자화상을 그리기 시작했다. 기다란 코, 둥글게 말려 올라간 속눈썹, 커다란 귀…… 모두 평생을 같이한 것들인데 이상하리만치 낯설었다.

'쳇, 엿이나 먹으라지. 로이비크, 이 개자식!' 그는 속으로 욕을 했다. 속으로만 했는데도 가슴이 뛰고 기분이 좋아졌다. 그래서 이번에는 방금 한 생각을 소리 내어 발음해보았다. 기분이 더 좋아졌다. 이렇게 생각이 중얼거림으로, 중얼거림은 외침으로 바뀌었다. "로이비크, 이 쓰레기 같은 자식! 형편없는 위선자! 다시 만나기만 해봐! 내가 그 못된 아가리에 주먹을 처박아줄 테다!"

한바탕 고함을 치자 쾌감에 몸이 떨렸다. 그는 눈을 감고 로이비크의 커다란 코에서 새빨간 피가 줄줄 흐르는 모습을 상상했다. 끈을 문 그의 입에는 어느새 미소가 떠올라 있었다. 페데르센은 침낭 안에 누운 채로 끈을 4분의 1쯤 먹은 뒤 곧바로 잠이 들었다.

그날 밤은 무섭지도 않았고, 꿈도 꾸지 않았다. 잠을 자며 페데르센은 무럭무럭 성장했다. 다행히 폭풍은 지나갔고, 은신처는 운신에 어려움이 없을 만큼 넓었다. 잠에서 깬 그는 출입구를 막고 있던 눈 뭉치를 옆으로 밀어냈다. 순간 차가운 공기가 훅 하고 굴 내부로 파고들었다. 고개를 들고 눈을 뜨자 순백의 세상이 눈앞에 펼쳐졌다. 페데르센은 탄성을 질렀다. 세상이 온통 새하얬다. 물론 다른 색도 존재했다. 밝고 투명한 햇살 아래 파랑, 빨강, 보라 등 그가 아는 온갖 색이 저마다 빛을 발하고 있었다. 눈 쌓인 산등성이의 둥근 곡선은 여인처럼 달콤했고, 짙푸른 하늘은 영원을 닮아 있었다. 태어나 처음 마주하는 것만 같은 풍경 속에서 그는 자유를 느꼈다. 그의 영혼이 스스로를 옥죄던 사슬을 끊고 해방되는 순간이었다.

페데르센은 팔꿈치로 기어서 은신처를 빠져나왔다. 눈덩이 위에 걸터앉는데 멀리 눈 위에 찍힌 세 개의 갈색 점이 보였다. '바위인가?' 가만히 살펴보자 놀랍게도 바위처럼 보이던 점들이 움직이고 있었다.

'사향소인가? 로이비크가 잡아 왔던 거?'

사향소를 보고 시장기를 느낀 페데르센은 굴 안으로 들어가 총을 찾아 들었다. 그러고는 조심스럽게 방아쇠의 고드름을 제거한 다음 흰색 아노락을 머리 위로 벗어 던졌다.

은신처를 나선 그는 몸을 낮춘 뒤 군대에서 배운 포복 자세로 사향소들을 향해 다가갔다.

로이비크 또한 먼 산꼭대기에 배를 깔고 엎드린 채 쌍안경으로 이 모든 광경을 지켜보고 있었다.

소 무리와의 간격이 300여 미터로 좁혀졌을 때, 페데르센이 짐승을 향해 총을 겨누고 방아쇠를 당겼다. 손떨림증은 어느새 사라지고 없었다.

굉음이 피오르를 뒤흔들었다. 소 한 마리가 무릎을 꿇고 거대한 머리를 흔들더니 육중한 네 다리를 사냥꾼을 향해 뻗으며 옆으로 쓰러졌다. 다른 두 마리는 불안한 얼굴로 콧김을 내뿜으며 드러누운 동료를 살폈다. 또 한 번의 총성과 함께 두 번째 소가 앞으로 고꾸라졌다.

페데르센은 상반신을 일으켰다. 그리고 산을 향해 달려가는 소의 머리를 겨냥한 뒤, 소뿔이 가늠구멍 안에 들어오자마자 재빨리 방아쇠를 당겼다. 총알은 순식간에 날아가 소의 목덜미를 파고들었다.

"라반, 봤어?" 로이비크가 눈에서 쌍안경을 떼고는 네발 달린 친구를 향해 말했다. "이제 우리가 할 일은 없어. 작은 페데르센이 진짜 페데르센이 됐으니까." 그는 쌍안경을 호주머니에 넣고 텐트를 접으러 갔다.

페데르센은 사냥의 기쁨에 취해 포획물을 둘러보았다. 발끝으로 죽은 소들을 건드리자 짜릿한 성취감마저 일었다. 집에서는 작고 야윈 여우의 가죽을 벗겨내는 일조차 버겁게 느끼던 그가 지금은 이런 생각을 하고 있었다. '여우 가죽을 벗길 수 있으면 소가죽도 벗길 수 있어. 크기는 중요하지 않아.'

페데르센은 하루 종일 고되게 일했다. 양모 셔츠 안으로 굵은 땀방울이 흐를 정도로 한순간도 쉬지 않고 일하면서도 지칠 줄을 몰랐다. 고기를 은신처 안에 들여놓을 땐 발이 조금 시렸지만, 부츠와 양말을 벗고 곱은 발가락을 털가죽 안으로 밀어 넣자 금세 온기가 퍼졌다. 맛 좋은 고기와 따뜻한 털가죽을 내준 사향소들이 새삼 고맙게 느껴졌다.

페데르센은 시간 가는 줄 모르고 노동을 이어갔다. 고기를 적당한 크기로 잘라 은신처에 채워 넣었고, 주거 공간 앞에 식료품 저장소까지 따로 만들었다. 곡괭이 대신 소의 갈비뼈로 눈을 파내 저장고를 완성했고 그런 뒤에는 소가죽 두 장을 침낭 위에 깔았다. 뻣뻣하게 언 나머지 한 장은 입구에 매달아 문처럼 열고 닫을 수 있게 했다. 포획물의 내장은 은신처 주변에 뿌려서 미끼로 사용할 작정이었다.

소가죽은 따뜻했고, 잘 익은 고기 맛도 훌륭했다. 페데르센은 행복했다. 고단한데도 스스로가 너무도 자랑스러워 쉬이 잠이 올 것 같지 않았다. 그는 충만한 하루를 그대로 보내기가 아쉬웠다.

식사를 마친 뒤, 그는 은신처 입구에 앉아서 피오르 너머를 감상했다. 검은 만을 따라 줄지어 늘어선 빙산이 보였다. 이전에는 무서워서 감히 마주보지도 못하던 풍경이었다. 시간이 지나며 빙산은 페데르센의 동공 속에서 서서히 변화하며 거대한 범선이 되었다가, 먼 이국의 신전이 되었다가, 고층 빌딩과 대성당의 첨탑이 우뚝 선 대도시가 되었다. 일몰이 지며 산에 긴 그림자가 드리울 무렵 빙산은 다시 은빛으로 반짝였다. 빛의 변화에 따라 부드러운 파스텔 톤으로 색이 바뀌어갔다.

저녁나절의 이 경이로운 풍경을 마음에 품은 채 페데르센은 은신처 안으로 들어갔다. 소가죽을 덮고 누워 버너에서 나는 소리에 귀를 기울이자 자긍심과 포만감에 가슴이 뿌듯했다. 그날 밤 그는 다른 어느 때보다 수월하게 잠들었다. 닫힌 그의 망막에는 경이로운 산과 계곡, 빙산과 벌판이 새겨져 있었다.

미끼로 놔둔 내장이 예상 밖의 결과를 가져왔다. 다음 날 아침, 페데르센은 밖으로 고개를 내밀었다가 소 내장으로 배를 채우는 여우 세 마리를 발견했다. 그는 살금살금 돌아서서 총을 찾아 들고 장전한 뒤, 방아쇠를 당겼다. 여우들은 창자를 입에 문 채 그 자리에서 즉사했다. 페데르센은 새로운 포획물을 은신처 안으로 옮겼다. 그러고는 소의 넓적다리뼈를 괴어 입구를 열어둔 채, 쏟아지는 아침 햇살 속에서 포획물을 해체하기 시작했다.

잠시 후 다른 방문자들이 나타났다. 첫 손님은 고독

한 푸른 여우였다. 녀석은 킁킁대며 냄새를 맡고 눈 더미를 한 바퀴 돌아본 뒤에야 안심한 듯 바닥에 배를 붙이고는 미끼를 향해 조심스럽게 다가갔다. 그리고 미끼를 한입 베어 물기도 전에 페데르센이 쏜 총에 맞아 쓰러졌다. 페데르센은 반신불수가 되어 사경을 헤매는 녀석의 머리에 두 발의 총알을 발사했고, 이에 여우는 꼬리를 가슴 아래로 늘어뜨린 채 몸을 뻗었다.

이렇게 여러 날이 지나갔다. 페데르센은 사냥한 여우들을 은신처에 차곡차곡 쌓았다. 며칠이 지났는지는 알 수 없었다. 처음에는 낮게 뜨던 해가 조금씩 고도를 높이더니 이젠 아예 하늘에서 내려올 생각을 하지 않아, 낮과 밤이 구별되지 않았다.

페데르센은 동료가 그립지 않았다. 완전히 새로운 사람이 된 그에게 동료는 거추장스러운 존재일 뿐이었다. 그는 새로운 자신이 무척 마음에 들었다.

그러던 어느 날, 곰 한 마리가 나타났다. 자신의 영역에 침입해 날마다 여우를 잡아 혼자 잔치를 벌이는 이 사냥꾼을 못마땅하던 늙은 수컷 곰이었다. 페데르센은 이 덩치 큰 짐승을 보고 전율했다. 조준에 앞서 총을 뺨에 가져다 대면서부터 손이 떨려왔다. 두려움 때문이 아니라 흥분을 주체할 수 없어서였다. 그가 은신처 위로

몸을 일으키고 곰에게 소리쳤다.

"어이, 거기, 너! 안녕?"

곰이 위협적으로 포효하며 적을 향해 돌아섰다. 페데르센은 자신의 머리 위로 뛰어오르는 곰을 향해 방아쇠를 당겼다.

곰의 내장은 여우들의 먹이가 되었다. 곰 고기를 좋아하지 않는 그는 가죽을 벗겨내고 남은 살점까지 몽땅 굶주린 방문객들에게 던져주었다.

봄이 깊어지며 빙판 위로 작은 물구멍이 생겨났다. 석유는 떨어진 지 오래였고, 페데르센은 조금씩 마른 옷과 따뜻한 음식이 그리워졌다. 그는 사냥으로 얻은 가죽을 전부 주거 공간으로 옮겨놓은 뒤 문을 닫고 그 위를 눈으로 덮었다. 그리고 사향소 머리를 그 위에 올려 위치를 표시한 다음, 직관에 따라 로스만을 향해 걸음을 옮기기 시작했다.

며칠 뒤, 연기가 피어오르는 기지 굴뚝이 시야에 들어왔다. 페데르센은 자신을 반갑게 맞는 라반을 모른 척하고 얼음 더미 사이를 달려 실내로 뛰어들었다.

로이비크는 화덕 근처에서 도끼로 석탄을 쪼개고 있었다. 페데르센이 요란하게 문을 닫는 소리를 듣고 그가 고개를 돌렸다.

"이게 누구야? 페데르센!"

로이비크의 말에 페데르센이 고개를 끄덕였다. "그래, 나야, 로이비크. 이 개똥보다도 못한 놈. 각오해. 내가 네 그 고구마 같은 낯짝을 납작하게 해줄 테니까."

로이비크가 몸을 일으켰다. 그는 페데르센보다 머리 셋쯤은 더 컸고, 손에는 도끼까지 들고 있었다.

"페데르센, 그게 가능하다고 생각해? 내가 이렇게나 큰데?" 활짝 웃으며 그가 물었다.

"크기는 중요하지 않아." 페데르센은 배낭을 내려놓고 아노락 소매를 걷어붙였다. 그런 다음 로이비크를 향해 달려들어 오래전부터 꿈꿔왔던 일을 실행에 옮겼다.

로이비크는 도끼를 떨어뜨리고 피범벅이 된 코를 손으로 감쌌다. "어이쿠, 페데르센, 주먹이 제법이야! 몇 대 더 맞다가는 뼈가 남아나질 않겠는데."

"흥, 꼴좋다. 고작 몇 대 맞고 엄살은." 페데르센이 아노락을 벗으며 말을 이었다. "코피가 멈추면 그 뚱뚱한 엉덩이를 들고 어디 좀 다녀와야 할 거야. 검은 피오르에 가죽을 두고 왔거든. 갈 수 있지?"

"가죽? 뭘 잡았는데?"

"최상급 여우 가죽 서른둘, 중급 열둘, 사향소 가죽 셋, 중간 크기의 곰 가죽 하나. 전부 눈 더미 아래 묻어

됐어. 이름하여 사향소 머리 눈 더미랄까." 페데르센이 전리품 목록을 읊어대며 화덕으로 걸어가 주전자를 집어 들었다.

"맙소사!" 로이비크는 놀란 눈으로 페데르센을 쳐다보았다. "그걸 다 어떻게 잡았대?"

"그냥저냥." 페데르센이 대야에 뜨거운 물을 부으며 대꾸했다. "그동안 누구는 집에서 빈둥거리기만 했다지?"

"염병." 예술가가 완성된 작품을 보고 흡족해하듯, 로이비크는 자랑스러운 눈으로 페데르센을 바라보았다. "가죽을 가져온 뒤에는 뭘 할 거야?" 그가 물었다.

"씻고 면도를 해야지." 페데르센이 대답했다. "그런 다음에는 석유통을 채워서 다른 피오르로 사냥을 떠날 거야. 가고 싶으면 너도 따라오든가."

"좋은 생각이야!" 로이비크는 고개를 끄덕인 뒤 페데르센에게 수건을 건넸다.

"아, 로이비크, 덫은 전부 가져가는 게 좋아." 페데르센이 물기를 닦으며 덧붙였다. "내가 최상급 여우 가죽을 얻을 수 있는 새로운 장소를 찾아냈거든."

로이비크는 다시금 고개를 끄덕였다. "아무렴, 어련하겠어."

페데르센의 전리품을 챙기러 오두막을 나서는 로이 비크의 얼굴은 기쁨으로 빛났다. 한철 머물다 갈 철새였던 페데르센이 그 이상의 존재가 되어 돌아온 까닭이었다.

서사시

—
모든 위대한 예술 작품은 한 번에 탄
생한다

　겨울을 나기 위해 보트를 뭍으로 끌어올린 직후, 안
톤은 새로운 영감을 떠올렸다. 그날 저녁부터 안톤은
작품을 쓰기 시작했는데, 그는 이 작품이 문학사에 큰
자취를 남길 거라고 믿었다. 이러한 지적 유희의 가치를
제대로 이해하는 헤르베르트는 안톤이 영감을 받을 때
마다 기지 일을 도맡아 했다.

　안톤은 열심히 글을 썼다. 피로에 지친 눈이며, 평소와
달리 긴장된 소맷부리며, 등의 통증만 보아도 지적 노
동의 고단함을 알 수 있었다. 집필을 시작하고 얼마 되

지 않아 그는 글을 쓰는 행위가 얼마나 힘든지 깨달았다. 그에 비하면 덫을 놓거나 썰매에 개를 연결하는 일은 힘든 축에도 들지 않았다. 바느질도, 사격도, 요리도, 산속에서 물을 찾거나 여우 가죽을 벗기는 일도 마찬가지였다.

피땀을 흘리며 집필에 몰두하던 몇 달 동안, 안톤은 글을 쓰는 목적이 불멸성을 얻는 일에 있음을 확신했다. 물론 이러한 확신은 양초 칠을 한 천으로 표지를 만든 그의 노트가 화재, 도난, 혹은 그 비슷한 이유로 사라지지 않는다는 조건을 담보로 했다.

안톤에게는 고민이 있었다. 영감의 문제는 아니었다. 젖먹이 송아지가 배설을 하듯, 그는 쉼 없이 영감을 떠올렸고 글을 쓰는 일에 전혀 막힘이 없었다. 안톤의 문학 작업에 유일한 걸림돌이 된 것은 다름 아닌 글을 쓰는 재료였다. 사실 그에게는 연필이 한 자루밖에 없었다. 그것은 그가 연안의 모든 사냥꾼을 만나며 꼼꼼하게 수소문한 끝에 얻은, 이 지역의 유일한 연필이었다. 비요르켄에게 볼펜이 한 자루 있긴 했지만 하늘이 두 쪽 난대도 그는 볼펜을 빌려줄 사람이 아니었다. 여하튼 안톤에게 문학을 허락한 이 연필은 원래 벨프레드의 것이었다. 그는 몇 년 전 주방의 찬장 뒤로 연필이 떨어졌던 것을 기억해냈고, 벽에서 찬장을 떼어내는 수고 끝에 결국 연필을 손에 넣었다. 밸프레드는 이 연필을 중위를 통해 안톤에게 전달했다. 그런데 연필은 보름 만에 닳아버렸고, 안톤은 얼마 남지 않은 연필심을 절약하기 위해 최대한 손에 힘을 빼고 글을 써야 했다.

10월, 안톤은 앞서 집필한 네 편의 소설을 옆으로 밀어두고 다섯 번째 소설을 쓰기 시작했다. 헤르베르트에게는 숙성을 위해서라고 말했지만, 가장 큰 이유는 부족한 재료 때문이었다. 안톤에게 이 네 편의 소설은 중요하지 않았다. 그가 지금 몽당연필로 조심조심 쓰는 다섯 번째 소설을 위한 초안이랄까.

다섯 번째 소설은 구속이라는 현상을 낳았다. 그리고 이 현상은 소설을 쓰는 작가만이 아니라 작가의 동료에게도 나타났다. 안톤은 어떤 방해에도 글을 쓸 수 있을 만큼 집중력이 대단했지만, 헤르베르트가 집을 비운 동안의 집중력으로 말하자면 그 무엇과도 비할 수 없었다. 헤르베르트 역시 이 사실을 잘 알았고, 그래서 그가 창작에 몰두할 때면 예술가를 방해하지 않기 위해 하릴없이 집 밖을 서성였다. 아직 11월이 되기 전이라 덫을 놓으러 가기엔 너무 일렀다. 여행을 떠날 수도 없었다. 얼음이 너무 두꺼워 자칫하다가는 배가 부서질 수 있었다.

이런 이유로 헤르베르트는 기지에서 적당히 떨어진 곳에서 자고새를 사냥하거나 바다표범을 살살 괴롭히며 시간을 보냈다. 하지만 저녁에는 그도 집으로 돌아가야 했기에, 의도치 않게 안톤의 창조적 열정에 재를 뿌리게 되었다.

두 사람은 적당한 범위 내에서 상대방을 배려하고 존중하려고 무던히 노력했다. 시인과 수다스러운 사냥꾼을 동시에 만족시키기에는 오두막이 턱없이 작은 탓이었다. 헤르베르트는 최대한 인내심을 발휘해 말을 아꼈고, 귀에 거슬리는 소리가 나는 등나무 신발 대신 스키용 양말을 세 켤레 겹쳐 신었다. 그런데도 그의 존재는 예민한 예술가의 신경을 긁었다. 주전자에 물을 끓이는 소리, 얼음을 깨는 소리, 화덕 안에 석탄을 삽으로 퍼 넣는 소리 등 일상의 크고 작은 소음이 안톤을 상상의 세계로부터 끌어냈고, 사건의 전개와 등장인물의 심리묘사에 필요한 생각의 끈을 끊어버리곤 했다. 생각해보라. 연인 사이에 사랑이 움트는 부드럽고 달콤한 순간을 글로 옮기는데, 헤르베르트가 뒤에서 석탄 상자 바닥을 닥닥 긁거나 추잡한 몰골로 이불 위를 뒹군다면 어떻겠는가? 혹은 식탁에 앉아 눈치 없이 개 레일라가 앙구트라는 개에게 들러붙어 있었다는 얘기나 하고 있다면? 이러한 순간마다 안톤은 괴로움에 몸부림쳤다.

그러나 고통스럽기는 헤르베르트도 마찬가지였다. 헤르베르트는 예술가에게 영감이 얼마나 중요한지 잘 알았고, 마음 깊이 공감하기도 했다. 그래서 자신이 방해된다고 느낄 때마다 사과하며 그럴 수밖에 없는 이유를 설명했다. 매번 변명이 지나치게 길어지는 바람에 본의 아니게 더 큰 훼방을 놓는 꼴이 되었지만 말이다.

다섯 번째 소설의 세 번째 장을 시작했을 때였다. 안톤은 영감을 지키며 조용한 환경에서 글을 쓰기 위해 방한구석에 새로 자리를 마련했다. 헤르베르트의 도움을 받아 벽에서 1미터 떨어진 지점에 천장 높이로 기둥을 세우고, 이 기둥에서 벽 한쪽까지 판자를 대 가벽을 만들었다. 다른 한쪽 벽까지는 보트용 돛을 매달아 출입문으로 사용하기로 했다. 안톤은 이 집필실에 책상으로 쓸 빈 소금 통과 의자를 들여다놓고 벽면에 작은 선반을 달았다. 그런 뒤 연필과 노트를 가져다가 소금 통 위에 올려놓고 선반 위에는 석유램프를 배치해 자기만의 공간을 완성했다. 인테리어의 대미는 결함이 있는 16구경 소총이었다. 그는 이 총으로 귀찮게 창가를 얼쩡대는 까마귀들을 내쫓을 생각이었다.

헤르베르트도 이 새로운 집필실이 반가웠다. 등나무

신발을 다시 신을 수 있고, 집필실을 제외한 나머지 공간을 그럭저럭 자유롭게 돌아다닐 수 있게 된 까닭이었다.

안톤은 죽기 살기로 글을 써나갔다. 소금 통 위로 몸을 구부리고 긴 머리카락을 귓가에 늘어뜨린 채, 마지막 남은 귀한 연필에 매달려 신음하고, 한숨짓고, 쓰고, 지우고, 다시 쓰길 반복했다. 써놓은 글을 중얼대며 읽는가 하면 큰 소리로 낭독하기도 했고, 욕을 하다가도 갑자기 몹시 기뻐했으며, 이따금씩 연필 끝으로 커다란 앞니를 두드리며 생각에 잠기기도 했다.

10월을 몽땅 집필에 할애한 안톤은 세 번째 장이 완성되자 사흘 동안 쉬며 헤르베르트를 도와 기지 주변에 덫을 놓았다. 일을 마치고 집으로 돌아온 뒤에는 목까지 차오른 새로운 영감에 이끌려, 얼굴까지 붉힌 채 소설의 핵심이 될 네 번째 장을 집필하기 시작했다. 머릿속에 이미 네 번째 장의 모든 내용이 들어 있었기에 그는 그저 흰색 종이에 검은색 흔적을 남기기만 하면 됐다.

11월 중순, 안톤은 소설 속 세계에 빠져 시간이 어떻게 가는지도 몰랐다. 밤샘 작업으로 기진맥진해진 날에는 납빛 얼굴을 빼꼼 내밀고 식탁에 앉아 있는 헤르베르트에게 물었다.

"헤르베르트, 지금이 낮이야, 밤이야?"

헤르베르트의 대답은 상황에 따라 달랐다. 밤이든 낮이든 상관없이 안톤에게 잠이 필요해 보이면 밤이라고 대답했고, 비교적 컨디션이 좋아 보이면 아침이라고 말했다. 안톤은 그의 대답에 따라 밤이면 잤고, 아침이면 뻐근한 등을 곧추세우고 머리카락 사이에 꽂아둔 연필을 빼낸 뒤 다리 사이에 소금 통을 끼고 앉아 다시금 소설 속으로 빠져들었다.

보름달이 뜰 무렵, 게스 그레이브 주변의 언덕은 새로 내린 눈으로 보다 완만해졌고, 검게 옹이 진 스벤슨의 혹도 마치 바다를 옮겨다 놓은 듯 은빛으로 출렁였다.

밝은 달빛에 까마귀들은 도무지 잠을 자지 않았다. 녀석들은 산에서 내려와 기지를 돌았고, 쓰레기 더미에서 필요한 물건을 골라 갔다. 수집할 물건이 없는 날이면 녀석들은 노란색 불빛이 밤하늘을 가르는 창가로 날아왔다. 그러고는 식탁에 앉아 신문을 읽는 헤르베르트를 호기심 어린 얼굴로 훔쳐보거나, 집필실에 난 작은 창문을 들여다보며 한낱 예술 따위에 고뇌하는 안톤을 비웃었다.

안톤은 까마귀들과 팽팽히 긴장된 관계를 유지하고 있었다. 그들의 불편한 관계는 그가 핌불의 오두막에서

밸프레드와 함께 사냥꾼으로 살기 시작한 바로 그해에 시작되었다. 그해 안톤은 고독을 이기지 못하고 심각한 우울증에 시달렸다. 10월 첫날부터 동면에 들어가 4월 말에야 깨어나는 밸프레드는 동료와의 교류를 갈구하는 안톤의 욕망을 도저히 충족시켜주지 못했다. 그해 겨울 내내 안톤은 우울에 빠진 침통한 얼굴로 혼자 외롭게 덫을 돌아보아야 했고, 그런 그는 까마귀들에게 아주 맞춤한 적이 되었다. 북극 어디서나 볼 수 있는 검은색의 이 불길한 새들은 덫에서 덫으로 이동하는 그를 집요하게 쫓아다니며 괴롭혔고, 밤이면 잠도 못 자게 훼방을 놓았다. 그는 까마귀들이 자신을 조롱한다고 믿었고, 이른 봄 태양을 찾아 작은 섬으로 떠났을 때 그랬듯이 밤마다 오두막과 텐트 사이를 서성이며 번뇌하고 분노했다.

시인에게 조롱의 대상이 된다는 것은 견디기 힘든 굴욕이다. 특히 창작에 열중한 때라면 그 모멸감이 어떻겠는가. 창가에 들러붙어 기분 나쁘게 웃는 까마귀들은 안톤에게 극복하기 힘든 도전이었다.

안톤은 종이 앞에서 몸을 일으켜 창문을 열고 총알을 연달아 두 발 발사하곤 했다. 그가 집필실에 들여놓은 이 낡은 총은 방아쇠를 한 번만 당겨도 총알 두 개가 동시에 나가는 특징이 있었다.

효과는 확실했다. 안톤이 총질로 분노를 표출하면 까마귀들은 큰 저항 없이 산으로 돌아갔다. 재수 없이 총알을 맞고 떨어진 까마귀는 흰 눈에 찍힌 검은 점처럼 누운 채, 어느 운 좋은 여우가 물어 갈 때를 기다려야 했다.

까마귀들이 사라지면 안톤은 창문을 닫고 나중을 위해 새로 총알을 장전한 다음 총을 못에 걸어두었다. 이 모든 일은 무의식중에, 거의 반사적으로 이루어졌다. 그의 의식은 양초 칠이 된 천으로 표지를 단 노트에 글을 써야 한다는 사실에만 줄곧 매달려 있었다.

하지만 까마귀들과 적정 거리를 유지한다는 것은 쉬운 일이 아니었다. 마치 전쟁이라도 선포하듯, 까마귀들은 사방에서 동료들을 몰고 와 병력을 보충했다. 이제 게스 그레이브에는 유례없이 많은 까마귀 떼가 몰려들었고, 안톤은 끝을 모르고 이어지는 까마귀들의 무자비한 공격에서 벗어나기 위해 수도 없이 창밖으로 몸을 기울여야 했다. 어느 날은 자그마치 48시간을 전투에 쏟아부은 뒤에야 까마귀 수가 용인할 만한 수준으로 줄어들었고, 안톤은 그제야 집필에 열중할 수 있었다.

그러는 사이 게스 그레이브의 여우들은 까마귀 고기

를 배불리 먹은 덕에 통통하게 살이 올랐고, 곧 자고새 다리와 토끼 넓적다리 미끼에 속아 덫에 걸려들었다.

어느 날 저녁, 덫에 걸린 여우를 네 마리나 잡아 신이 난 헤르베르트가 시인에게 하루 분량의 커피와 비스킷을 가져다주었다.

"안톤, 계속 이렇게만 되면 사냥 회사에서 상패도 받고 보너스까지 받겠어, 하하하. 퇴직금도 엄청나겠는데." 자신의 행복을 동료와 나누고픈 마음에, 그가 소금 통 위에 커피를 내려놓으며 말을 이었다. "여우들이 미쳤나 봐. 요즘은 아예 '날 잡아 잡수' 하고 덫으로 고개를 들이민다니까. 올해는 흰 여우보다 푸른 여우가 더 많이 잡혔어."

안톤은 대답이 없었다. 연필을 입에 물고 한 손으로 소금 통 모서리를 부여잡은 채 노트만 노려볼 뿐이었다.

헤르베르트가 안톤의 어깨 너머를 힐끔거렸다. 동료가 어떤 글을 쓰는지 궁금해서 견딜 수가 없었다. 그러나 안톤은 자기가 쓴 글을 보여줄 마음이 없었다. 이전에 쓴 초기 소설들은 모두 동료에게 기꺼이 보여주었지만 이것만은 안 되었다. 더욱이 미완성 상태로는 어림없었다.

그게 아니더라도, 헤르베르트는 노트 속 글자들을

볼 수 없었다. 노안 때문이기도 했지만, 안톤이 부족한 종이를 절약하느라 글씨를 파리 다리보다도 작게 쓴 탓이었다. 게다가 연필을 아끼려고 손의 힘을 지나치게 빼는 바람에 종이 위의 흑연은 마치 그림자처럼 흐릿하기만 했다.

"어서 더 써. 방해 안 할게." 헤르베르트는 말을 마치고도 시인 곁을 떠나지 않았다. 상념 속에서 길을 잃은 채 떨떠름한 표정으로 주변을 서성일 뿐이었다. 대화를 나누고 싶은 마음이 간절한데 안톤의 반응이 없어 실망한 까닭이었다. 그러다 그는 안톤의 총으로 손을 가져갔고, 총을 매만지던 손이 방아쇠에 닿자 습관적으로 손가락을 구부렸다.

안톤은 물론 헤르베르트도 자신의 무의식적인 행동에 까무러치게 놀라지 않을 수 없었다. 밀폐된 좁은 공간에서 울린 총성은 묘사가 불가능할 만큼 위력적이었다. 두 사람 모두 잠시 청력을 잃었고, 안톤은 의자 밑으로 넘어졌으며, 헤르베르트는 식탁 아래로 고꾸라지며 바닥에 머리를 찧고 까무러쳤다. 거실의 램프가 깜박이다가 결국 꺼지고 말았다. 헤르베르트가 정신을 차렸을 때는 어둠과 성스러운 고요가 방 안을 지배하고 있었다. 그가 일어나 앉으며 속삭였다.

"안톤……?"

숨소리조차 들리지 않았다.

"안톤?" 그가 목소리를 높였다. "내 말 들려? 아직 거기 있는 거지?"

여전히 대답이 없었다. 안톤은 공포감에 온몸이 마비되어 있었다. 굉음과 함께 총알이 발사될 때만 해도 그는 이어 쓸 문장을 생각하고 있었다. 폭발음에 놀라 의자에서 앞으로 고꾸라질 때도 여전히 입에 연필을 문 채였다. 그런데, 연필이 사라지고 없었다. 불길한 예감이 그를 사로잡았다. 귀가 먹먹한 탓에 헤르베르트의 말도 들리지 않았다.

헤르베르트는 몸을 일으켜 화덕 위 선반으로 가서 양초를 찾아냈다. 초에 불을 붙인 뒤, 그가 후들거리는 무릎을 추스르며 안톤의 집필실로 다가가 가리개를 걷었다.

"하느님 맙소사! 안톤, 죽은 거야?" 그가 동료 옆에 무릎을 꿇고 앉았다. 안톤은 기묘하리만치 텅 빈 눈으로 다리를 쭉 뻗고 누운 채 미동이 없었다. "안톤, 총에 맞았어? 엉? 대답해봐. 내 말 들려?"

안톤은 고개를 살짝 끄덕이더니, 절망스러운 표정으로 헤르베르트를 올려다보았다.

"연필." 그가 중얼거렸다.

"휴, 천만다행이야." 헤르베르트는 동료의 겨드랑이를 잡고 일으켜 앉혔다. "어디 다친 데는 없어? 하늘이 우리를 도왔나 봐. 그런데 이 개자식, 장전한 총을 벽에 걸어두면 어떻게 해? 대체 생각이 있는 거야? 엉?"

"연필." 안톤은 여전히 텅 빈 눈으로 동료를 바라보며 반복해서 중얼거렸다.

"연필은 괜찮을 테니까 걱정 마." 헤르베르트가 그를 안심시켰다. "염병, 간 떨어질 뻔했네. 산탄이라는 게 별난리를 다 친다니까. 병에 들어갔다가 나갈 구멍을 못 찾은 파리처럼 말이야." 그는 소금 통을 바르게 세우고 안톤을 의자에 앉혔다. "자, 이제 전이랑 똑같아졌지? 넌 이제 글만 쓰면 돼."

안톤은 무릎 위에 손을 올려놓은 채 미동도 하지 않았다. "연필이 없어. 사라졌어." 그가 비통한 표정으로 속삭였다.

"그게 무슨 허튼소리야. 어디 보자, 여기 어디 있을 건데." 헤르베르트가 무릎을 꿇고 의자 밑을 살피기 시작했다.

"아니야, 거기 없어. 내가 삼켰거든. 벌써 다 내려갔어."

"뭐? 확실해?" 헤르베르트가 몸을 일으키며 물었다.

"그렇게 큰 걸 삼켰다고? 그게 가능해?"

안톤은 고개를 끄덕이며 침울한 얼굴로 중얼거렸다. "헤르베르트, 소설은 이제 물 건너갔어."

"아냐, 새 연필이 생기겠지. 그때 다시 쓰면 되잖아." 헤르베르트가 말했다.

"아냐, 불가능해. 한두 주 안에 머릿속에 든 게 전부 사라질 거야." 안톤이 말했다. "소설도 끝났고, 나도 끝났어. 앞으로도 더 나은 건 못 써."

"큰일이네. 이를 어쩐다……." 헤르베르트는 생각에 잠겨 손가락으로 거친 수염을 문질렀다. "모르텐슨 무전기사한테 분명 필기구가 있을 거야."

"모르텐슨한테는 만년필만 두 자루 있어." 안톤이 대답했다.

"그럼 그걸 하나 빌려 오자."

"헤르베르트, 우리한텐 잉크가 없고, 어차피 룸펠곳까지 갈 시간도 없어. 도착하기 전에 소설이 사라질 거라고."

"빌어먹을." 헤르베르트가 커피메이커를 가지러 거실로 나가며 말을 이었다. "조금만 더 생각해보자고. 다른 해결 방법이 있을 거야. 그나저나, 어떤 소설인지 진짜 궁금하네."

그때 안톤이 눈을 치켜떴다. 정체불명의 액체 한 줄기가 머리에서 얼굴로 흘러내리고 있었다. 고개를 좌우로 흔들자 다시 한 줄기가 흘러내렸다.

"피가 나는 것 같아." 안톤이 낮은 목소리로 말했다.

헤르베르트가 가리개를 열고 들어와 그의 얼굴을 살폈다.

"피가 아니야. 이게 피라면 너는 분명 인간이 아닌 다른 종일 거야."

그가 안톤의 이마에 묻은 액체를 손가락으로 찍어서 입으로 가져갔다.

"기름인데?" 그가 고개를 들고 천장을 올려다보았다. 서서히 영역을 넓히는 기름얼룩이 눈에 들어왔다. "총알이 뭔가 기름이 들어 있는 걸 건드렸나 봐."

어떻게 된 상황인지 알아보기 위해, 두 사람은 사다리를 가져다가 다락 입구에 걸치고 위로 올라갔다. 이윽고 그들은 종이 상자를 하나 들고 내려왔다. 상자 안에는 서른여덟 개의 정어리 통조림이 들어 있었다.

"잘도 맞혔네!" 헤르베르트가 통조림을 하나씩 꺼내 대야 안에 넣으며 농담을 던졌다. 종이 상자의 바닥은 젖어 있었지만 큰 손상은 없었다.

"안톤, 소설이 정말 그렇게 중요해?" 통조림을 살펴

본 뒤, 헤르베르트가 안톤의 표정을 살피며 물었다.

"내 전부야." 안톤이 대답했다.

"염병, 그러니까 그 빌어먹을 연필을 꼭 찾아야 한단 말이지?"

"헤르베르트, 넌 예술가가 아니라 그래. 예술가였다면 그렇게 멍청한 질문은 안 했을 거야." 안톤이 야속하다는 듯 동료를 바라보았다.

"그래, 네 말이 맞아. 어쨌든 내가 궁금한 건 이거야. 그러니까, 소설을 잊어먹기 전에 연필을 되찾고 싶다는 거지?" 그가 정어리 캔을 가리켰다. "안톤, 정어리는 소화를 도와줘. 아주까리기름보다 훨씬 낫지."

안톤이 식탁으로 다가왔다. "얼마나 먹어야 효과가 있는데?" 그가 대야 안의 내용물에 시선을 고정한 채 물었다. 정어리는 그가 좋아하는 음식이 아니었다.

"아마 이걸 전부 먹으면 될걸." 헤르베르트가 대답했다.

"그러면 크리스마스이브에도, 부활절에도, 오순절에도 먹을 게 없잖아." 안톤이 만류하듯 말했다.

"예술을 위한 희생인 셈이지." 헤르베르트가 너그러운 얼굴로 대꾸했다. "한 사람만 희생하면 돼. 먹은 사람은 아마 정어리라면 두 번 다시 쳐다보기도 싫어질 테니까."

"그래도 통조림 하나쯤은 남겨놓자. 나 혼자 다 먹는 건 불공평해."

"좋아, 그럼 딱 하나만 남기자. 하나쯤 덜 먹는다고 결과가 달라지지는 않겠지." 헤르베르트는 찌그러지지 않은 캔을 하나 골라 주방 선반에 올려놓았다. "안톤, 시작해. 뚜껑은 내가 따줄 테니 넌 그냥 삼키기만 하면 돼."

안톤은 식탁에 앉아 정어리를 먹기 시작했다. 캔에 담긴 건더기는 칼로 건져 입에 넣고, 기름은 그대로 전부 마셔버렸다. 발치에 쌓이는 빈 통조림 캔을 곁눈질로 확인해가며, 안톤은 헤르베르트가 건네는 캔을 반사적으로 받아먹었다.

"잠깐, 술 한 모금만 마시면 안 될까? 중화를 시키면 더 잘 내려갈 거야. 안 그랬다가는 먹은 걸 다 토해버릴 것 같아."

"안 돼, 절대 안 돼." 헤르베르트는 단호한 얼굴로 고개를 저었다. "술로 기름을 희석하다니! 절대 안 돼! 술 말고 소설만 생각해! 자, 여기 하나 더! 아직 많이 남았어." 그는 아무래도 이 상황을 즐기는 눈치였다.

서른여섯 개의 통조림 중 세 개가 남았을 때, 안톤은 눈동자가 머릿속을 굴러다니는 느낌이었다. 그의 얼굴은 창백해졌고, 이마에서는 식은땀이 흘러내렸다. 양손은 허벅지 위에서 뻣뻣하게 굳은 채 움직이지 않았다. 헤르베르트가 서른세 번째 통조림을 따서 안톤의 코밑에 들이밀었고, 그는 콧구멍을 벌름거리며 컥컥대다가 결국 의자를 박차고 일어나 문가로 달려갔다.

헤르베르트는 창문 너머 개들을 지나 해변으로 달려가는 안톤을 지켜보았다. 안톤이 이런 종류의 생리 현상을 처리하기에 안성맞춤인 얼음가에 도착하기도 전에 바지를 발목까지 내리고 쪼그려 앉자, 그는 신사답게 창가에서 물러났다. 그러고는 빵을 잘라 남은 정어리로 샌드위치를 만들기 시작했다.

안톤은 한동안 어정쩡한 자세로 앉아 끙끙대며 셔츠 소매로 이마에 흐르는 땀을 닦았다. 볼일을 다 보자 말 그대로 완벽한 평화가 찾아왔다. 그는 닦아야 할 곳을 닦은 뒤 바지를 치켜올렸다. 그러고는 신선한 공기를 들이마셨다.

안톤이 기지로 돌아와보니, 술과 갓 내린 커피로 차린 식탁이 마련되어 있었다.

"어떻게 됐어?" 헤르베르트가 물었다.

안톤이 고개를 끄덕이자 귀에 꽂혀 있던 연필이 바닥으로 떨어졌다. "소설을 살렸어." 그가 말했다.

두 사람은 커피와 술을 마셨다. 텅 빈 속을 채우는 데 그보다 좋은 음식은 없었다. 안톤은 양 손바닥에 연필을 끼워 굴리며 졸린 듯 눈을 끔뻑였다.

"이제 글을 쓰러 가야겠지? 많이 밀렸잖아." 헤르베르트가 말했다.

"아침인지 밤인지에 따라 다르겠지." 안톤이 지친 눈으로 동료를 바라보았다.

헤르베르트는 손목시계를 확인했다. 어느새 밤이 지나고 새로운 하루가 시작되려는 참이었다.

"밤이야." 그가 말했다.

"그래? 그러면 몇 시간만 눈을 붙일게. 너무 졸려."

안톤은 남은 술을 털어 마시고 침대로 올라가 머리맡 선반 위에 연필을 소중히 올려놓았다.

"헤르베르트, 도와줘서 고마워." 그가 식탁에 앉아 있는 동료를 향해 말했다.

"아냐. 내가 뭘 했다고?"

"그런 말 마. 오늘은 문학사에 크게 기록될 날이야. 네가 내 소설을 살렸으니까." 말을 마친 뒤 안톤은 눈을 꽉 감았다. 역류하는 정어리기름 냄새를 삼키기 위해서였다.

벼룩

교류의 확장이 충만한 삶을 보장한
다는 사실을 확인할 수 있는 이야기

북극에서 살다 보면 발로 물을 차는 듯 공허하고 정
체된 순간을 경험하게 된다. 보통은 북극에서 첫해와 두
번째 해를 보내는 초짜 사냥꾼들이 이런 경험을 하곤
한다. 북극의 회복 불가능한 바이러스에 감염되어 무관
심을 가장하며 외부의 영향으로부터 스스로를 보호하
기 전에.

무전기사 모르텐슨 덕분에 그린란드 북동부에서도
그리운 바깥세상과의 연락이 가능해졌음에도, 연안의
주민들은 시종일관 세상일에 무관심한 태도를 보였다.

사냥꾼들의 이러한 태도는 역사와 관련된 것이라면 무엇이든 파괴해야 한다고 주장하는 비요르켄의 엉뚱한 철학과도 일치하는 것이었다. 다 같이 모르텐슨과 닥터의 집을 방문했을 때 레이캬비크와 코펜하겐에서 한창 유행하던 음악이 틀어져 있었지만 그런 음악을 알고 있거나 귀 기울여 듣는 사람은 한 명도 없었다. 아야툴라[*]를 두고 이러쿵저러쿵 말이 많던 시기에도 사냥꾼들은 이와 관련한 길고 따분한 이야기를 피했고, 독재자가 노동자들을 관리하지 못해서 일어난 라틴아메리카의 내전에 대해서도 입장을 드러내지 않았다. 선거 공약을 지키지 않은 덴마크 수상을 욕하는 일도 당연히 없었다.

이렇듯 늘 세상사에 무관심하고 적극적으로 그것을 거부하면서도, 그린란드 북동부의 사냥꾼들은 품위를 유지하며 자유롭게 살았고 본능적으로 호모사피엔스의 생물학적 유산에 합치하는 삶을 이어가고 있었다. 마치 각자가 개별적인 종이라도 되는 양, 그들은 서로 적당히 교류하되 바이러스에 걸린 코끼리가 그러듯 약간의 거리를 둔 채 무리를 이루며 지냈다.

———

[*] 시아파 이슬람교의 지도자로 보수 성향의 대표적 인물.

그들은 권력에 대해서도 회의적인 태도를 보였다. 온 갖 법칙과 규범은 그들에겐 인생을 복잡하게 만드는 자 질구레한 것들에 불과했다. 하지만 이들에게도 암암리 에 합의된 행동 규범은 존재했고, 모두 그럭저럭 그 규 칙을 존중하며 살았다. 물론 예외적인 인물도 있었다. 밸프레드는 봄만 되면 늘 자기방어를 구실 삼아 캐나 다에서 날아온 기러기 떼를 향해 총질을 해댔다.

일상의 단조로움이 사소한 사건으로 중단되는 경우 도 있었다. 이런 일은 주로 지루함이 우울로 바뀌기 전에 일어났다. 바깥세상에서는 거의 주목받지 못할 이 사소 한 사건들은 주로 보급품을 실은 배가 도착하며 시작 되곤 했다.

이어지는 이야기는 하찮게만 보이는 사건 하나가 북 극의 주민들을 어떻게 뒤흔들 수 있는지 잘 보여주는 예 라 할 수 있겠다.

베슬 마리호는 서쪽 빙하를 떠나오던 길에 아르한겔 스크에 들러 환자를 한 명 내렸다. 올슨 선장은 친절하 게도 러시아 세관원들을 초대해 럼주를 탄 차를 대접했 다. 선박의 검역 작업을 마친 러시아 세관원들은 식당에 들어서자마자 입고 있던 두꺼운 아스트라한산 모피를 벗어 소파에 걸쳐두고 동그란 자작나무 테이블에 둘러

앉아 선장이 내준 차를 마셨다.

러시아와 노르웨이 사내들은 얼음 바다 이야기를 나누며 즐거운 오후를 보냈다. 저녁 무렵 올슨 선장은 작별의 나팔을 불며 이들과 헤어졌고, 얼음 바다를 헤치며 북쪽의 드비나를 향해 전진하기 시작했다.

모든 일은 세관원 한 명이 소파에 남기고 간 벼룩으로부터 시작되었다. 길이 약 5밀리미터에 납작하게 생긴 이 사람벼룩은 무척이나 젊고 용맹한 녀석이었다.

이쯤에서 한 가지 짚고 넘어가야 할 것이 있는데, 이 사건만 보고 모든 러시아 세관원에게 해충이 있다고 생각해서는 안 된다는 점이다. 이들 중 누군가가 입은 러시아산 모피에서 벼룩이 나온 것은 사실이지만, 이 모피는 얼마 전까지만 해도 그리스 화물선을 타고 있었고, 그날 이른 아침에는 목재를 적재한 함부르크 증기선에도 잠시 걸려 있었으니 말이다. 여하튼 확실한 건, 문제의 벼룩이 아르한겔스크해안에서 배에 오른 첫날 저녁부터 제 입에 달린 작은 바늘로 털이 무성한 올슨 선장의 가슴팍을 찔러댔다는 사실이다.

올슨은 코펜하겐으로 돌아오는 내내 벼룩과 싸웠다. 벼룩에 물릴 때마다 그는 침대며 옷이며 털북숭이 몸 곳곳을 손바닥으로 내리쳤다. 밤에는 어둠 속에서 침대에

꼼짝 않고 있다가 갑자기 램프에 불을 켜 벼룩을 놀라게도 해보았다. 하지만 매번 뚜렷한 성과를 내지 못했고, 코펜하겐이 가까워올수록 올슨의 몸에는 이 보이지 않는 기생생물이 남긴 흔적이 점점 더 많아졌다.

그린란드 왕립 무역항에 이른 올슨은 며칠간 그린란드로 수송할 물품을 배에 실었다. 이 기간 내내 그는 벼룩으로부터 자유로웠는데, 벼룩이 올슨의 침대를 정리한 소년 선원의 몸에서 며칠 동안 바캉스를 즐긴 덕분이었다. 이후 벼룩은 선원들을 위해 마련된 잔치에 참석했다가 마침내 갑판 뒤의 선실로 돌아가기로 마음먹었다.

올슨의 피부에 다시 바늘을 꽂으며 벼룩은 안도했다. 선원들 틈에서 지내는 동안 알코올의존증을 경험한 까닭이었다. 그러나 이 기항 기간은 벼룩에게 아주 중요한 탐험의 시간이기도 했으니, 그사이 녀석이 수태에 성공했던 것이다.

올슨이 핌불곳에 도착해 밸프레드의 집에서 저녁을 먹던 날이었다. 둥글게 말린 선장의 목깃에서 휴식을 취하고 있던 벼룩은 별안간 출산이 임박했음을 느꼈다. 놀란 녀석은 올슨의 몸을 떠나 바닥으로 뛰어내렸다. 그러곤 마루 틈에 쌓인 몇 년 묵은 먼지 속에 알을 낳은 뒤 딱하게도 생을 마감했다. 분만 뒤의 피로감에 올슨의 장화를 미처 피하지 못한 탓이었다. 벼룩은 떡갈나무 마룻바닥과 장화 밑창 사이에 길고 가느다란 핏자국을 남긴 채 눈을 감았다.

곧 베슬 마리호의 출항 준비가 마무리되었고, 밸프레드와 중위는 배를 배웅하며 행복을 느꼈다. 보급품을 받고 외지인과 대화를 나눌 수 있다는 점에서 배를 맞이하는 것도 즐거운 일이긴 했지만, 그보다 더 좋은 것은 배를 배웅하는 일이었다. 배가 정박한 동안 겨우내 우려먹을 재미난 추억거리도 이미 충분히 쌓인 터였다.

"한센, 배가 떠났어." 밸프레드가 씹는담배를 뱉어내며 말했다. "증류주 전부 내린 거 맞지?"

한센 중위가 고개를 끄덕였다. "응, 다 확인했지. 술도 있고, 설탕 세 봉지에 효모 두 상자까지, 모두 제대로 왔어."

주문한 물품 외에 벼룩이 추가로 도착했으며, 조만간 아름다운 번데기가 될 알들이 마루 틈에 숨어 있다는 사실을 두 사람은 까맣게 모르는 채였다.

한센과 밸프레드는 며칠에 걸쳐 목록을 작성하고 보급품을 실내로 옮겼다. 들여놓을 물품 중 마지막으로 남은 탄산나트륨 상자는 한센 몫이었다. 탄산나트륨은 보통 청소에 쓰이는 물건이었지만, 한센은 정력 억제

제 삼아 이것을 모닝커피에 타 마시곤 했다. 상자는 늘 그렇듯 물통 위 선반에 정리될 예정이었다.

한센 중위는 현관에 들어서며 상자를 가슴께로 들어 올려 턱으로 고정했다. 그 바람에 그는 먹을 것을 찾아 집 안으로 들어온 개를 미처 발견하지 못했지만, 개는 아니었다. 중위를 보고 장화 끝이 얼마나 거친지 기억해 낸 녀석은 깨갱대며 중위의 다리 사이를 지나 집 밖으로 달음질쳤다. 이에 중위는 중심을 잃고 상자에 코를 박은 채 앞으로 고꾸라졌고, 잠깐 쉬러 침대로 올라간 밸프레드가 그 모습을 보고 농담을 던졌다.

"헤헤, 한센, 꼴좋다."

"빌어먹을." 중위는 쪼그리고 앉아 흩어진 탄산나트륨 가루를 주워 담기 시작했다.

"한센, 그걸 다 어떻게 담아? 차라리 청소를 해버려." 밸프레드가 긍정적인 해결 방안을 제시했다. "벌써 1년도 넘게 청소를 안 했잖아. 혹시 알아? 묵은 때 속에서 재미난 게 나올지?"

중위가 고개를 끄덕였다. "좋은 생각이야, 밸프레드. 청소를 하면 적어도 버려지는 가루는 없겠지."

밸프레드가 베개를 고쳐 벴다. "그러게. 우리가 청소라는 놈이랑 딱히 사이가 좋진 않지만, 어쩌겠어? 이미 엎질러진 물이잖아."

개 때문에 한센이 고꾸라진 이 사건은 두 사람 모두에게 행운이었다. 재앙을 몰고 올 벼룩들이 무럭무럭 성장하려던 참에 청소를 하게 되어, 곧 어린 벼룩이 될 수많은 번데기가 딱 한 알만 빼고 몰살됐기 때문이다. 운 좋은 아기 벼룩 한 마리는 엄마 벼룩이 중위의 솔이 닿지 않는 굽도리 널에 낳아준 덕에 기적적으로 목숨을 건졌다.

새끼 벼룩의 첫 희생자는 흥미롭게도 중위도 밸프레드도 아닌 검은 머리 빌리암이었다. 피오르두르를 도와 연어 그물을 걷으러 하우나에 갔던 검은 머리 빌리암은 돌아가는 길에 핌불에 들러 하룻밤 묵기로 했다.

그날 저녁 빌리암이 아직 아무도 듣지 못한 소식을 전하며 집주인들을 즐겁게 해주는 동안, 새끼 벼룩은 번데기에서 나온 뒤 후각의 안내를 받아 빌리암의 발밑으로 이동했다. 이어 빌리암의 양말 속으로 들어간 녀석은 그의 엄지발가락과 로마인답게 기다란 두 번째 발가락 사이에 자리를 잡았다. 그러고는 생애 처음으로 피부 깊이 단도를 찔러 넣었다. 그러나 피부가 얼마나 두꺼운지 도무지 깨물어지지가 않았다. 아직 경험이 부족했던 벼룩은 세상 모든 음식이 빌리엄의 발가락처럼 질길지도 모른다는 생각에 잠시 커다란 절망을 느꼈다.

조바심이 난 벼룩은 양말을 버리고 발목 쪽으로 이동하기 시작했다. 도중에 몇 번 피부에 구멍을 뚫으려 했지만, 성공적으로 침을 꽂아 붉은 음료를 마신 것은 허벅지 안쪽에 이르러서였다.

빌리엄은 남몰래 허벅지를 긁으며 이야기를 이어갔다. 베슬 마리호가 얼음이 녹기를 기다리며 이틀 동안 톰슨곳에 정박했던 터라 그에게는 할 말이 많았다.

그렇게 한껏 수다를 떤 뒤 잠자리에 들었건만 빌리엄은 도무지 잠을 이룰 수 없었다. 허벅지와 엉덩이를 세차게 긁으며 그는 당혹감을 감추지 못했다. 혹시 피오르두르의 집에서 홍역이나 풍진이 옮은 걸까? 근심에 사로잡힌 그와 달리, 벼룩은 이 사내의 풍성한 가슴 털 사이에서 부른 배를 두드리며 잠을 청했다.

빌리엄은 벼룩을 데리고 매스 매슨에게 갔다. 하지만 벼룩은 톰슨곳의 기지 대장에게 별다른 매력을 느끼지 못했다. 매스 매슨의 침대로 소풍을 나갔다가 그의 피가 건강에 얼마나 해로운지 깨달은 까닭이었다. 반면에 우편물을 찾아가려고 비요르켄보르에서 모터보트를 타고 온 라스릴은 마음에 쏙 들었다. 젊어서 그런지, 그의 피는 신선한 데다 당도도 높은 것이 입맛에 꼭 맞았다.

비요르켄보르에 도착한 이후, 벼룩은 비요르켄과 낮짝을 오가며 배를 채웠다. 그러다 가끔 잔치 음식이 먹고 싶어지면 라스릴에게 갔다. 역사상 이렇게 잘 산 벼룩이 있을까 싶을 정도로, 새끼 벼룩은 요령 있게 자신에게 주어진 삶을 누렸다. 이 사냥꾼들 모두 자기 관리와는 거리가 멀었기에, 그리고 무엇보다 그중 누구도 가려움증을 털어놓지 않았기에 가능한 일이었다. 덕분에 벼룩은 인도에서 소가 그렇듯 비요르켄보르에서 아무도 건드릴 수 없는 신성한 존재가 되었다.

처음에 비요르켄은 친구들을 의심했다. 하지만 아무도 몸을 긁지 않았으므로 그는 한동안 벼룩이 있는 사람이 자기뿐이라고 생각할 수밖에 없었다. 물린 자국을 보아하니 벼룩의 소행인 것은 분명했다. 그는 젊을 때 구두 수선공으로 유럽을 떠돌아다니며 비슷한 일을 여러 번 겪은 터였다.

사실 낮짝도 몸을 긁고 있었다. 그는 별채 오두막 뒤에 숨어서 몰래 자기 몸을 들여다보았다. 심각한 근시 때문에 용의자를 직접 확인할 수는 없었지만 경험으로 보아 벼룩의 짓이 분명했다. 그는 사실을 털어놓기가 조심스러웠다. 크리스마스가 오기도 전에 비요르켄이 양동이를 꺼내 몸의 때를 벗겨내라고 지시할지도 모르기 때문이었다.

라스릴로 말하자면 이런 일을 처음 겪었기에 이게 대체 무슨 상황인지 알 수가 없었다. 붉은 반점을 보고 고민에 고민을 거듭하던 그는, 결국 어느 날 저녁 자신이 매독에 걸렸다는 결론에 이르렀다. 생각할수록 확신이 짙어졌다. 언젠가 비요르켄이 성병에 관해 길게 연설을 늘어놓은 적이 있었는데, 그때 이런 자국에 대해 들은 것이 기억났다. 비요르켄은 매독에 걸리면 피부가 부풀어 오르고, 몹시 가려우며, 티스푼으로 부푼 부분을 두드리면 단단해진다고 했다. 라스릴은 해안의 기름 창고 안에서 '티스푼 검사'를 실시한 뒤 곧 벼룩에 물린 자국이 달아오르며 단단해지는 것을 확인했다. 이때부터 그는 살날이 한두 해밖에 남지 않았다고 확신하며 절망에 빠져 집 안에 틀어박혔다.

그야말로 비요르켄보르의 암흑기였다. 낮짝은 가려움이 절정에 달할 때마다 우거지상을 한 채 멍하니 시간을 허비했고, 예민한 비요르켄은 만성 신경증에 시달렸다. 라스릴로 말하자면, 벌써 다 죽은 얼굴로 집 안을 서성이고 있었다. 그의 눈가는 수면 부족으로 검어졌고,

어느새 입맛까지 잃은 터였다. 습관적으로 주변에 작별 인사를 건네는 버릇까지 생겼다. 처음에는 자기를 유일하게 믿어준 개들에게, 이어 집과 집 주변에, 나중에는 기지 뒷산에 올라 가만히 선 피오르와 계곡과 산에 대고 했다. 그런 모습을 보며 비요르켄과 낮짝은 라스릴이 바보가 되었다고 생각했다.

그러다 대원 교대의 날이 되었다. 볼메르센이 새로 장만한 모터보트를 타고 백작과 함께 도착한 것이다. 그들은 백작표 포도주와 부르고뉴산 달팽이 상자를 가져왔다. 볼메르센은 달팽이를 양식할 계획이었다. 그는 알프스가 그렇듯 그린란드 북동부도 이 맛 좋은 생물이 살기에 안성맞춤이라고 판단한 터였다. 더욱이 백작과 그는 사냥보다 채집이 성격에 잘 맞기도 했다.

볼메르센에게 뛰어오른 벼룩은 곧 취해버렸다. 볼메르센의 피에서는 백작표 포도주와 수제 담배의 맛이 났다. 벼룩은 볼메르센의 피는 소량만 섭취해야 한다는 교훈을 얻었고, 백작의 몸에서는 차라리 며칠간 단식하며 금욕주의적인 생활을 하는 편이 낫다는 판단을 내렸다. 그래서 두 사람이 비요르켄보르를 떠나 헤르베르트와 안톤의 집으로 향했을 때 벼룩은 손뼉을 치며 따라나섰다.

백작은 배를 대기 전에 확성기부터 집어 들고는 해변에서 자신들을 기다리던 헤르베르트에게 보트에 벼룩이 있다고 알렸다. 그러고는 벼룩의 침략으로부터 로스만을 보호하기 위해 부표 위에 달팽이 상자를 내려놓고 배가 떠난 다음 상자를 가져가게 했다. 따라서 벼룩은 로스만에 정착할 기회를 얻지 못했다.

밸프레드와 한센 중위의 집에서는 일이 다르게 진행되었다. 중위는 배에 벼룩이 있다는 소문을 듣고도 껄껄 웃어넘겼다. 강인한 군인인 그는 세상에 두려울 것이 없었고, 핌불의 손님맞이가 한 주먹거리도 안 되는 벼룩 때문에 엉망이 되어서는 안 된다고 믿었다. 그래서 두 사람이 오기만 하면 자기가 그 작은 기생충을 없애주겠노라고 호언장담했다.

한센은 백작과 볼메르센을 꼼꼼하게 검사했다. 옷을 홀딱 벗긴 뒤 한 사람씩 염장용 통에 들어가게 한 다음, 목이 잠길 때까지 통에 물을 부어놓은 채 이들이 벗어놓은 옷을 조사했다.

"벼룩의 그림자도 없어." 그가 확신에 차서 선언했다. "재봉선 밑까지 샅샅이 살펴봤는데 똥도 안 보이고 깨끗해. 그러니까 이제 옷을 입도록 해."

한센 중위는 벼룩에 관한 지식이 풍부했다. 프레데리

시아 병영에서 생활할 때 벼룩과 자주 동침한 경험 덕분이었다.

밸프레드는 침대 위에서 수염을 달싹이며 너털웃음을 터뜨렸다. "헤헤, 하나는 비프스테이크에, 하나는 바나나네." 그가 홀딱 벗은 손님들을 놀리고는 수염을 긁적이며 말을 이었다. "뭘 그렇게 바짝 긴장했어? 편하게 생각하고 얼른 옷이나 입어." 벼룩은 그의 검지에서 불과 몇 밀리미터 떨어진 곳에 있었다. 녀석이 밸프레드의 침대에서 지내볼 생각으로 백작의 머리를 떠난 참이었다.

핌불에서의 저녁은 언제나처럼 따뜻했다. 볼메르센은 달팽이 사업 계획을 설명하면서 성공하기만 하면 달팽이가 그린란드 북동부의 주요 수출품으로 자리 잡을 거라고 단언했다.

"연어처럼? 그런데 정말 그런 걸 먹는 사람들이 있나?"

밸프레드의 물음에 볼메르센이 힘차게 고개를 끄덕였다. "당연하지, 얼마나 맛있는데. 아마 세상에서 가장 맛있는 음식에 속할걸? 안 그래, 백작?"

"그럴지도." 사실 백작은 복족 동물의 식용화를 반대하는 사람 중 하나였다. "뭐, 완전히 틀린 말은 아니지. 끈적끈적하고 고무 탄 맛이 나긴 하지만, 그렇다고 세상 사람들이 전부 그런 걸 싫어하는 건 아니니까."

"백작, 넌 미뢰가 너무 예민해. 시가를 피우지 않아서 그런가?" 볼메르센이 지적했다.

"맞아. 달팽이 맛을 알려면 시가를 먼저 피워서 미뢰를 파괴해야 하나 봐." 백작이 고개를 끄덕였다.

큼지막한 소고기 덩어리를 쥐고 맛있게 뜯어 먹던 밸프레드가 한마디 거들었다. "그런데 너무 작아서 배불리 먹으려면 천문학적인 양이 필요하겠어. 100개를 먹어도 모자랄 거 같거든."

"달팽이는 전채 요리야." 볼메르센이 설명했다. "메인 요리 전에 나오는 간단한 거 있잖아."

"아, 그래? 그럼 난 찬성. 저걸 먹은 다음에 다른 걸 먹는다면 상관없어. 옛날에 슬라겔세로 망명 온 피오니라는 사내가 있었는데, 녀석은 다른 걸 먹기 전에 늘 메밀 죽에 겨자 소스를 넣어 먹었어. 그게 애국가 부르는 거랑 똑같다나? 일종의 식전 감사 기도라고 했어." 그가 고깃덩어리를 내려놓고 배를 긁었다. "먹을 걸 두고 이래저래 떠드는 사람이 많지만, 난 배불리 먹고 소화만 잘 시키면 뭘 먹든 중요하지 않다고 생각해."

그 말에 백작도 고개를 끄덕였다. "어떤 점에서는 맞는 말이야. 소화가 안 되는 음식은 진짜 별로지. 그래서 조리법이 중요한 거야. 질 좋은 포도주도 중요하지. 음식에 풍미를 더해주니까."

그러자 볼메르센이 이의를 제기했다. "음식보다 중요한 건 없어. 포도주도 중요하긴 하지만, 결국 음식이 처음이고 끝이야."

한센 중위는 언쟁에 끼어들지 않았다. 그는 자기 목구멍으로 넘어가는 음식에 대해 질문해본 적도 없는 사람이었다. 그에게 음식은 에너지를 주는 원천일 뿐, 그 이상도 이하도 아니었다. 충분히 먹지 않으면 게을러지고, 많이 먹어도 게을러진다. 그러나 꼭 필요한 만큼만 섭취하면 신체 기능이 원활하게 돌아간다. 그에게 음식 섭취의 목적은 이처럼 단순했다.

이날의 저녁 식사에는 벼룩도 참석했다. 밸프레드가 고기를 먹으려고 입을 크게 벌리는 순간 벼룩은 그의 수염에 매달렸다. 이어 구레나룻 뒤쪽으로 뛰어올라 털이 무성한 등을 횡단했고, 뚱뚱한 허리 부근에서 반대편으로 이동해 출렁이는 뱃살을 탐험한 뒤, 배꼽 바로 위에서 향연을 벌였다.

벼룩이 태어난 곳을 떠난 지도 오래였다. 합승 마차의 마부처럼 이곳저곳을 떠돌아다니는 동안 녀석은 벼룩으로서 누릴 수 있는 온갖 쾌락을 맛보며 방탕한 생활

을 했고, 그 탓에 나이보다 빨리 늙어버렸다. 그날 밤 밸
프레드의 수염을 기어오르며, 벼룩은 자신의 죽음이 다
가왔음을 직감했다. 녀석은 습관적으로 침을 뻗어 밸프
레드의 입술 밑을 찌른 뒤, 마지막 힘을 모아 피 몇 방울
을 빨았다. 그러고는 곧 꾸벅꾸벅 졸기 시작했다. 얼마
나 고단했는지 밸프레드의 피부에 박힌 침을 빼낼 생각
도 못 했다.

밸프레드도 잠들어 있었다. 그는 커다랗게 입을 벌린
채 숨을 내쉬었다. 처음에는 폭풍 후의 바다처럼 숨결이
고요했지만 곧 파도치는 바다처럼 거칠어졌다. 절정에
이른 순간에는 수염 아래에서 얼쩡대던 파리가 들숨에
입안으로 빨려들 정도였다.

밸프레드의 입술이 달싹일 때마다 벼룩은 뻣뻣한 수
염 사이에서 이러저리 흔들리며 여전히 졸고 있었다. 그
는 고단했다. 여행에 지쳤고, 호화로운 삶에 피로를 느
꼈다. 잠시 후, 사이클론처럼 거칠어진 밸프레드의 숨결
에 의해 녀석의 몸이 한순간 위로 솟구쳐 올랐다가 거대
한 분화구 속으로 떨어졌다. 어둡고 긴 터널을 지나 아
치형 공간에 이른 그는 1.5킬로그램의 소고기와 1.5리터
의 술과 함께 소화기관으로 이동하기 시작했다.

밸프레드는 자신이 그린란드 북동부에서 벼룩을 전

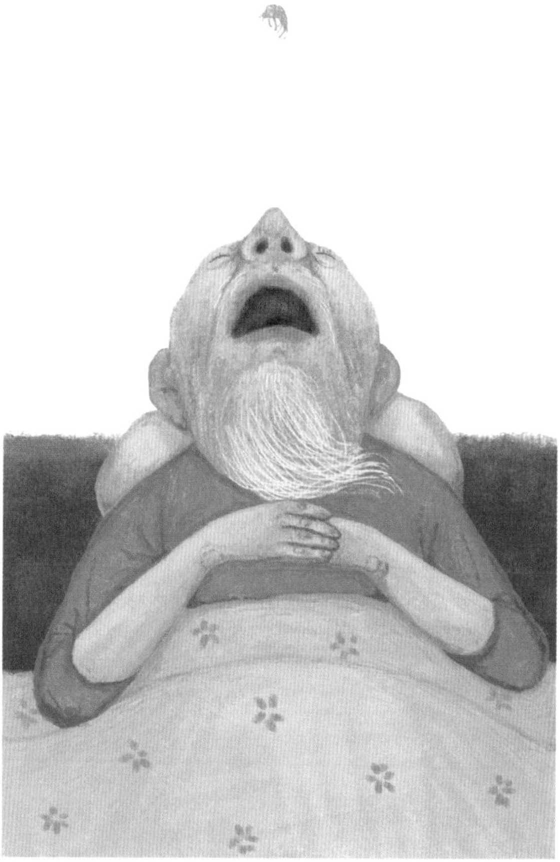

멸시켰다는 사실을 까맣게 모르고 있었다. 그는 꿈을 꾸었다. 남아 있는 세 개의 치아로 달팽이를 씹으며 백작이 말한 고무 탄 맛을 느껴보려 애쓰는 꿈이었다.

지옥의 사제

—
혹은 예측을 불허하는 신의 그림

폴레손 선교사는 그린란드 서부의 연안에서 한 해를 살았다. 그가 영원히 잊지 못할 것들을 보고 경험한 시간이었다.

오르후스의 본회에서 증언하던 날, 그의 얼굴은 분노로 파랗게 질려 있었다. 가히 이성을 잃었다 할 만한 모습이었다.

그는 비신자들의 비난을 산 선교사들의 품행을 꼬집었고, 그때 국립 선교회의 고문은 열정적이었던 그의 지난 활동을 떠올렸다. 일전에도 그는 사제 둘을 파문하고 교회 다섯 곳을 문 닫게 한 전력이 있었다. 그로서는 선교회와 하느님을 위해 의무를 다했을 뿐이었지만, 그 일로 혼란이 야기된 것도 사실이었다.

시대가 바뀌어 선교 정신도, 내적 소명도 더는 중요하게 여겨지지 않았다. 새로운 각성의 바람이 불어와 종교 본연의 권위를 날려버리고 보다 유동적이고 부드러우며 관대한 얼굴을 덧씌웠으니, 폴레손 같은 성직자는 이제 목적 달성을 위해서라면 물불을 가리지 않는 광신자, 혹은 종교계의 뜨거운 감자로 불리는 형편이었다. 그가 그린란드에서 세운 공로를 함부로 폄하할 수는 없겠지만, 한편으로는 그의 극단적인 행동이 선교회의 이미지를 훼손하는 요인이 되는 것 또한 분명했다. 사실 주 그리스도를 위해 폴레손이 어떻게 투쟁해왔는지 모르는 사람은 없었다. 하느님을 향한 그의 남다른 열정은 존경받아 마땅한 것이었으며, 그가 말뿐 아니라 주먹을 사용해서라도 정면 돌파를 고집해온 점 역시 어느 정도는 존중할 가치가 있었다. 부름을 받은 이들이 점점 줄어드는 마당에 선교회가 저 울먹이는 국교회 교구사제 셋을 등 돌리게 할 수는 없는 노릇이었다.

폴레손은 정직했고, 고지식했다. 그래서 그가 지난 1년간 있었던 일을 증언할 때 누구도 그 말을 의심하지 않았다. 교회에서 벌어진 디오니소스제며, 의자와 설교단 아래서 술을 마시고 싸움을 벌이는 백인 사내들. 원주민들이 유리창에 코를 붙인 채 그런 모습을 구경하며 아연실색했다고 그는 말했다.

폴레손은 한 고위 성직자의 배우자에 대해서도 언급했다. 원주민들이 그녀에게 붙여준 별명은 에딜리쿠타크였다. 굳이 번역하자면 '매트리스'라는 이 단어에 대해, 정숙한 사내인 폴레손은 더 이상의 자세한 설명을 피했다.

"제가 직접 눈으로 본 것만 말하겠습니다." 그가 큰 소리로 증언을 시작했다. "대주교의 고위 관리는 기도 제단에 벨벳을 깔고 이브처럼 발가벗은 에딜리쿠타크와 함께 있었습니다. 개들도 그린란드 뒷골목에서나 하는 추잡한 짓을 하면서 말이지요. 원주민들이 구경하고 있는데도 그는 이 극악무도한 짓을 멈추지 않았고, 여자는 성배로 술을 마셨습니다." 증언하는 폴레손의 목소리가 분노로 갈라졌다. "이게 복음을 전하러 북극으로 간 기독교인이 할 짓입니까? 이들은 1721년 한스 에게데[*]가 지핀 희망의 불씨를 꺼뜨렸습니다. 이에 저는 재가를 요청합니다. 악마의 탈을 쓴 그들을 본국으로 송환하고, 선교단을 구성해 지금 당장 전선으로 보내주

십시오. 이것이 곧 그린란드를 보우하는 하느님의 뜻입니다."

회의는 철저히 비공개로 진행되었다. 폴레손의 위험한 고발에도 회의에 참석한 이들은 미적지근한 반응을 보였고, 선교단을 그린란드에 보내달라는 요청도 시대착오적이라고 판단했다. 회의가 진행되는 동안 모두는 해결책을 찾지 못한 채 제자리걸음만 했다. 그들에게 유일한 문제는 다른 무엇도 아닌 폴레손이었다. 그는 지금 위협적인 태도로 신조차 버린 섬을 향해 당장 떠나라며 모두의 등을 떠밀고 있었다. 열띤 토론 끝에, 회의에 참석한 이들은 이 구약성서의 화신이 마음껏 선교의 꽃을 피울 수 있도록 어디로든 보내버리자는 의견에 동의했다. 이들이 주목한 곳은 그린란드의 북동부 연안이었다. 그곳에는 선교할 주민의 수가 많지 않았다. 그린란드 서부와 달리 스무 명 내외의 사냥꾼만이 북위 71도와 80도 사이에 흩어져 살았다. 교회는 아예 없었고, 천만다행으로 남자들밖에 없었다. 폴레손이 가서 선교를

———

* 덴마크의 선교사로 최초의 그린란드 지도를 남겼다.

펼치기에 이보다 적당한 곳이 없었다.

집행부의 판결에 따라 선교회에는 폴레손 때문에 망가졌던 국교회와의 관계를 정상화할 시간이 주어졌으며, 성직자가 지켜야 할 자세를 잃지 않은 폴레손은 성공의 수단이 될 또 다른 패를 얻게 되었다.

폴레손 사제는 그린란드라면 어디든 좋았다. 서쪽이든 동쪽이든 어디서나 죄인과 마주칠 수 있기 때문이었다.

폴레손은 베슬 마리호에 올랐다. 그해 베슬 마리호는 북극 화산을 연구하는 미국 원정대를 데려다주었다가 다시 데리고 오느라 두 차례나 항해를 한 터였다.

곧 고요한 항해가 시작되었다. 폴레손은 모계 중심적인 노르웨이 사람들을 싫어했고, 그래서 여행 내내 선원들에게 말도 걸지 않았다. 영어를 할 줄 몰랐기에 원정대원들과도 대화를 나누지 않았다.

폴레손이 자리를 잡은 곳은 배의 의무실 한쪽 구석이었다. 갑판 바로 밑에 있는 좁다란 의무실에서, 그는 이긴 여행에 대비해 의자 둘을 붙이고 침낭을 깔았다.

7월 중순, 톰슨곶이 시야에 나타나며 빙산 사이로 물길이 드러났다. 갑판에 서서 갈색의 둥근 산봉우리를 호기심 어린 눈으로 바라보는 승객들에게 올슨 선장이 설명했다.

"저 산이 바로 그린란드의 등입니다." 폴레손을 향해 고개를 돌리며 그가 말을 이었다. "사제 선생, 털 관리가 필요한 어린 양들이 저기 집 앞 벤치에 곧잘 머물곤 하죠."

선교사는 대답하지 않았다. 비스듬히 고개를 돌려 남 북전쟁 당시 탈주한 노예들을 보던 남부 연합군의 표정 으로 이 땅딸막한 체격의 선장을 꼬나볼 뿐이었다.

폴레손 사제는 검은색 일색의 단정한 차림으로 배에 서 내렸다. 깨끗한 흰색 목깃에 검은색 나비넥타이를 매 고 검정 중산모자를 쓴 차림이었다. 커다란 발은 헐렁 한 검은색 양말과 함께 단추가 달린 부츠 안에 들어가 있었고, 한쪽 손에는 낡은 가죽 손가방이, 다른 한 손에 는 검은색 우산이 들려 있었다. 외투 오른쪽 주머니에는 은색 가름끈을 매단 성경책이 꽂혀 있었다.

폴레손은 벤치에 앉은 사냥꾼들 앞에 선 채로 한동안 미동이 없었다. 인물 파악의 시간이었다. 한 사람 한 사 람 관찰하고 조사를 마친 그는 놀라서 뒤로 자빠질 뻔 했다. 이렇게 혐오스러운 이들은 처음이었다. 주 그리스 도가 이렇게나 많은 죄인들에게 복음을 전하라고 계시 를 내린 것도 처음이었다. 그는 자신을 이곳으로 보내신 하느님의 뜻에 다시금 감탄했다.

"이 양반은 사제셔." 올슨이 손가락으로 폴레손을 가리키며 사냥꾼들에게 소개했다. 그러고는 웃옷 주머니에 양손을 찔러 넣고 두 발을 벌리고 서서 교활한 미소를 지으며 말을 이었다. "그리고 저쪽 해변에서 노닥거리는 사람들은 무슨 협회 소속인데, 79도 피오르로 화산 연구를 하러 간다네. 보급품은 저 사람들을 데려다준 다음에 와서 내릴 거야."

"그러지 말고 저 사람들한테 온 김에 하역을 도우라고 해." 매스 매슨이 제안했다.

"안 돼, 곧바로 떠나야 해." 올슨이 대답했다. "당장 가지 않으면 길이 막혀서 난리가 날걸. 난 여기 갇혀서 쓸데없이 돈 낭비나 할 테고. 안 그래?"

한편 폴레손 사제는 측량할 길 없는 기쁨을 주체하지 못하고 있었다. 이번 투쟁이야말로 그에게 최고로 위대하고 가치 있는 일이 될 터였다. 사냥꾼들에게서 받은 첫인상을 다시금 확인할 요량으로 그는 눈앞의 얼굴들을 다시 둘러보았다. 검은 머리 빌리암은 난봉꾼이었다. 딱 봐도 알 수 있었다. 그는 부끄러운 줄도 모르고 천박한 파티나 즐기는 음탕한 사내였다. 매스 매슨은 수다스럽고 어리석은 변절자였다. 꺼림칙한 눈빛을 하고서 줄곧 시선을 피하는 걸 보면 흉악범이 분명했다. 백작은 무절제한 생활 탓에 이미 무덤에 들어간 사람과 다름없었다. 누르데데한 뺨과 바짝 마른 몸만 봐도 알 수 있었다. 볼메르센은 영적으로 매우 가난한 자였다. 내면세계가 너무도 빈약한 그에게는 하느님이 꼭 필요해 보였다. 밸프레드는 알코올의존자였다. 중위는 살인자, 비요르켄은 스스로를 초인이라 여기는 정신병자였으며, 낯짝은 쓸데없이 커만 얇은 낙오자였다. 그리고 라스릴은, 가엾게도 앞서 열거한 무뢰한들의 꼬임에 빠진 청년이었다. 폴레손은 로이비크를 사악한 적그리스도 무리에, 시워츠를 멍청이 무리에, 피오르두르를 머리가 돈 정신병자 무리에 끼워 넣었다. 안톤은 그나마 똑똑해 보이는 청년이었지만 역시 지도가 필요해 보였고, 헤르베르트는 쳐다보는 것만으로도 구역질이 났다.

"안녕하시오, 나는 폴레손 사제요." 그가 쩌렁쩌렁한 목소리로 자기소개를 했다. "하느님의 보검을 들고 이곳에 왔소."

벤치에 앉아 그를 지켜보던 사냥꾼들의 시선이 성직자가 휘두르는 우산 쪽으로 일제히 옮겨 갔다.

"저게 보검이 되려면 대장간에 먼저 다녀와야 하는 거 아냐?" 낯짝이 비요르켄에게 속삭였다.

"내가 긴 여행도 마다하지 않고 이곳에 온 이유는 여

러분을 하느님의 길로 인도하기 위해서요." 폴레손은 다정한 미소를 지으며 부드러운 목소리로 말을 이었다. "나는 하느님의 대리인으로 이곳에 왔소. 따라서 여러분의 영혼이 내 앞에 무릎 꿇고 참회의 눈물을 흘릴 때까지 이곳을 떠나지 않을 생각이오."

"저렇게 위아래로 긴 사람은 처음 봐요." 라스릴이 폴레손의 큰 키에 깊은 인상을 받고 속삭였다.

"하느님은 원래 어마어마해. 저자는 멍청해 보이지만." 낯짝이 소곤거렸다.

비요르켄이 "쉿" 하며 친구들에게 조용히 하라는 시늉을 했다. 역사와 종교가 긴밀히 연관되어 있다고 믿는 그는 전문가 같은 관심을 보이며 사제의 말에 귀를 기울였다.

"뭐, 그거야 두고 보면 알겠고." 매스 매슨이 벤치에서 일어나 외국인에게 다가가며 말을 건넸다. "여하튼 환영해요. 검정 외투를 입고 온 사람은 처음이라 우리도 몹시 기대가 되네요." 그는 호의적인 태도로 손을 내밀어 악수를 청했다. "여기서 며칠 지내며 구경도 하고, 우리한테 새 소식도 전해주시죠."

"난 새 소식이 아니라 수천 년 전에 기록된 역사를 전하러 왔소." 폴레손은 매스 매슨의 손을 못 본 척하며 대구했다.

"염병, 그렇게 오래됐는데 우린 왜 여태 몰랐대?" 밸프레드가 중얼거렸다. 언제나처럼 바닥에 누운 채로 그가 사제를 위아래로 훑었다.

"이 세상에 예수를 모르는 사람은 없소." 폴레손이 눈살을 찌푸리며 밸프레드를 바라보았다. "나의 아들이여, 그대가 성경을 잊었다면 내가 그 기억이 돌아오도록 도와주겠소."

"얼마든지." 밸프레드는 셋밖에 남지 않은 치아를 드러내며 다정한 미소를 지었다. "재미있는 이야기라면 언제든 들을 준비가 되어 있지. 그래야 잠을 좀 깰 수 있거든."

"하느님의 길을 걸을 준비가 되었소?"

"그 전에 그게 무슨 길인지 묻고 싶은데. 물어봐도 되나?"

"불구덩이에서 우리를 구원하는 것, 그것이 바로 하느님의 길이오." 폴레손의 입가가 진지하게 굳어가기 시작했다. "그 길은 주께 우리를 인도하고, 천국의 정원에 이르게 하오."

"그래? 거, 재밌군." 밸프레드가 흥미를 느끼고 팔꿈치를 세웠다. "그런데 친구, 천국에 가려면 시간이 오래

걸리잖아. 그런 거 말고 좀 짧은 길은 없을까? 이를테면 지름길 같은 거 말이야."

밸프레드의 얼굴은 순수함 그 자체였지만, 폴레손에게는 그것이 전해지지 않았다. 그는 오직 죄 많은 양들의 내면에서 의심을 몰아내고 싶은 마음뿐이었다. 경험상 이런 일은 시간을 끌 필요가 없었다.

"길은 하나밖에 없소." 그가 대답했다. "그리고 그 길은 믿는 자에게만 열려 있소."

밸프레드는 베슬 마리호를 향해 고개를 돌리고 배에 오르는 올슨 선장을 향해 물었다. "그게 뭔지 아는 사람?"

"바로 믿음이오. 믿음만이 하느님의 길로 향한 문을 열 수 있소." 폴레손이 대답했다. "믿음만이 우리를 착각에서 벗어나게 하고, 신앙만이 당신을 도울 수 있소."

밸프레드는 다시 바닥에 벌렁 드러누웠다. "폴레손 사제, 당신이 몰라서 그래. 그렇게 무턱대고 믿지만 말고 한번 잘 알아봐. 다른 길이 있는지 없는지. 그럼 내 말이 무슨 뜻인지 알게 될 거야." 그만하면 됐다는 듯 그가 한숨을 내쉬었다.

폴레손은 커다란 주먹으로 우산 손잡이를 움켜잡았다. 그의 얼굴에서 미소가 사라졌고, 콧방울은 나비처럼 벌름거렸다. 반짝거리던 눈은 어두워지고 이제 두터운 눈썹에 가려서 거의 보이지 않았다.

"형제, 나는 이제껏 수많은 죄인을 만났소. 온갖 방법으로 그들과 싸웠고, 결국에는 모두가 주 그리스도의 발치에 엎드려 회개했소."

"아무렴." 하늘을 올려다보며 밸프레드가 대구했다. "그런데 친구, 세상은 불한당 천지야. 나나 당신처럼 정직한 사람들한테 해가 되는 그런 작자들이 셀 수도 없다고. 그래서 말인데, 도움이 필요하면 언제든 말해. 주먹이라면 나도 좀 쓸 줄 아니까." 밸프레드가 팔꿈치를 딛고 상반신을 일으켰다. "난 신앙 있는 사람들을 존경해. 정말이야. 그런데 뭐든 지나치게 빠지면 헤어 나오기가 힘들지. 감기나 성홍열처럼 말이야. 당신이 믿는 종교도 그래." 폴레손이 뭐라 대구하기도 전에 그가 목소리를 높여 말을 이었다. "누군가는 피하는 길을 어떤 사람들은 군이 걸으려 들지. 예를 하나 들어볼까? 나한테 슬라겔세에 사는 사촌이 하나 있는데, 언젠가 그 자식이 성홍열에 걸렸어. 옷을 벗겨보니, 거참, 꼭 덴마크 국기 같은 거야. 나는 녀석이 고열에 시달리기 전에 거리로 데리고 나가 전시회를 열었어. 두당 5외르를 받으니 수입이 꽤 짭짤했지. 하지만 나는 녀석과 달리 성홍열에 걸리지 않았어. 우라질 일이었지. 돈을 벌 기회가 사라진 셈이 잖아. 그래서 사촌 녀석이 다 낫자마자 나를 혁대로 두 들겨 패줬지. 전염병에 걸린 것처럼 보이려면 그 방법밖에 없었거든."

밸프레드는 몸을 뒤로 젖히고 바닥에 드러누웠다. 지난 일을 회상하다 보니 입가에 저절로 미소가 지어졌다. "몇 시간 만에 2크로네 20외르를 벌었어. 그 시절에는 꽤 큰 돈이었지."

화를 꾹 참고 있던 폴레손은 "오오오!" 하는 긴 외침과 함께 벤치에 앉은 사냥꾼들을 지나쳐 집을 향해 뛰어 갔다. 그러곤 물통 앞에 무릎을 꿇고 앉아 하늘에 계신 안내자에게 조언을 구하기 시작했다.

폴레손 사제는 톰슨곶에서 정보를 수집하며 며칠을 보냈다. 그는 성적 타락을 가장 큰 죄로 여겼는데, 이상하게도 그린란드 북동부 연안에는 이 죄가 아예 존재하지 않았다. 이로 인해 그는 깊은 고민에 빠졌고, 주어진 여건상 육체적으로 죄를 지을 수 없으면 불순한 환상에 빠져 더 큰 죄를 짓는다는 결론을 내렸다. 폴레손은 인내심을 갖고 라스릴을 살살 구슬려 자신의 논리를 뒷받침할 만한 엄청난 증거들을 찾아냈다. 그가 놓은 덫에 걸린 라스릴이 차가운 처녀 엠마가 겨우내 이 침대에서 저 침대로 옮겨 다니며 온 연안을 누비고 다닌 사실을 털어놓은 것이다. 그뿐 아니라 청년은 한밤중에 침낭 속에서 저 혼자 상상해온 것들까지 죄다 고백했다. 하나같이 폴레손의 귀를 솔깃하게 만드는 이야기였다.

매스 매슨의 집에서 며칠을 묵으며 정성껏 전투 계획을 세우는 동안, 폴레손은 사냥꾼들을 정신적으로 타락시키는 가장 큰 요인이 술이라는 사실을 알아냈다. 그가 기지에 머무는 동안에도 술이 끝없이 소비되고 있었다. 술을 직접 제조해 공급량을 늘리지 않고는 소비량을 따라갈 수 없을 정도였다.

신의 대리인으로서 폴레손은 난국에 처할 때마다 정면 돌파를 선택해왔다. 예외란 없었다. 그는 사냥꾼들을 구원해야 했고, 그러려면 먼저 술 문제부터 해결해야 했다. 그런 뒤에야 죄인들의 음험한 생각을 바로잡아 주 그리스도를 향해 나아가게 할 수 있을 터였다.

라스릴과 또 한 번의 비밀 회담을 가진 폴레손은 기지마다 증류기가 있다는 정보를 입수했다. 청년은 증류기를 "방울방울"이라 부르며, 이 지옥의 기계가 "술이 떨어질 때"마다 가동된다고 털어놓았다. 말인즉슨 결국 1년 열두 달 중 열한 달 동안, 잔치 기간에는 하루 스

물네 시간 중 스물네 시간 내내 증류기가 술을 제조한
다는 뜻이었다.

베슬 마리호가 화산 탐사대를 적절한 곳에 내려주고
돌아오자 하역 작업이 시작되었다. 이즈음 매스 매슨은
폴레손 사제와 며칠을 함께 보내며 슬슬 인내심의 한계
를 느끼고 있었다. 이것이 그가 폴레손에게 사냥꾼들은
혼자서도 하느님께 갈 수 있으니 이참에 코펜하겐으로
돌아가는 편이 낫지 않겠느냐고 넌지시 제안한 까닭이
었다. 그러나 폴레손은 일말의 흔들림도 없이 이듬해 배
가 올 때까지 떠나지 않겠다고 선언했다. 심지어 필요하
면 더 오래 있을 수도 있다며 무역 회사 대표의 추천장
을 매스 매슨의 코앞에 들이밀었다. 그가 그린란드 북
동부에서 편안하게 지낼 수 있도록 사냥꾼들이 거처와
음식을 제공해야 한다는 내용이었다.

매스 매슨의 고통을 십분 이해하는 올슨 선장은 베슬
마리호가 떠나기도 전에 빈 병이 될 앤틸리스제도산 럼
주 한 상자를 그에게 선물했다.

폴레손 사제는 비요르켄보르 주민들과 함께 배를 타
고 톰슨곶을 떠났다. 항해 내내 그는 단 한 번도 회개를
하라는 둥, 개종을 하라는 둥 강압적인 말을 내뱉지 않

앉다. 다만 뱃머리에 앉아 진지한 얼굴로 사냥꾼 셋을 관찰할 뿐이었다.

기지에 도착한 폴레손은 다락방에서 묵기로 했다. 야생동물 생태계를 조사하러 왔던 감독관이 비요르켄보르에 머무는 동안 라스릴이 지내던 곳이었다. 폴레손은 편안한 항해와 다락방에 대해 비요르켄에게 깊은 감사를 표했다.

"진짜 이상한 사람이야." 낮짝이 폴레손을 두고 말했다. "저렇게 키도 크고 건강한 사내가 맨날 옷을 차려입고 옛날이야기나 팔러 다니잖아. 성경이 읽고 싶으면 다들 어련히 잘 알아서 읽지 않겠어?"

"폴레손이 그랬어요. 예수가 우리를 위해 십자가에 못 박혀 죽었다고요. 그래서 절대 잊어서는 안 된대요." 라스릴이 말했다.

"염병, 예수 말고도 우릴 위해 십자가에 못 박혀 죽은 사람은 많아. 다른 사람들은 다 어쩌고 예수만 기억해야 하지?" 비요르켄이 대화에 끼어들어 라스릴을 향해 눈을 치켜떴다. "친구, 내게는 엄청난 재능이 있어. 다른 사람의 말을 듣고 거기서 나만의 결론을 유추해내는 재능, 그리고 내가 내린 결론에 따라 행동하는 재능이지."

"그게 무슨 말이에요?" 라스릴이 물었다.

"내 말은, 예수가 우릴 위해 십자가에서 고통받았다고 해도, 그건 어디까지나 이미 2000년 전에 있었던 일이라는 거야. 즉 전적으로 역사에 속하는 얘기라는 뜻이지."

"잠깐만! 지금 사제가 혼자 뭘 하는 거지?" 낮짝은 화제가 바뀌기를 바라며 위를 올려다보았다. 역사에 관해 비요르켄이 늘어놓는 장광설을 정말이지 듣고 싶지 않았다. "위가 너무 조용한데."

하지만 비요르켄은 연설을 멈출 의향이 없었다. 폴레손이 뭘 하든 관심 없다는 듯 어깨를 으쓱여 보일 뿐이었다. "친구들, 역사는 역사로 남을 때나 재미있는 거야. 역사에서는 배울 점이 없고, 따라서 그 예수라는 자도 우리한테는 아무런 도움이 안 된다고. 조금만 생각해보면 무슨 말인지 이해가 될걸. 역사는 과거야. 과거는 말의 축적물이고, 말은 공상에서 탄생하지. 즉 역사란 공상의 산물이라는 거야. 결국 한 걸음도 나아가지 못하고 계속 제자리걸음만 하는 셈이지. 친구, 그래서 말인데, 예수는 일찌감치 죽었어."

"정말이에요?" 라스릴은 비요르켄의 말을 이해해보려고 죽을힘을 다했지만 뇌의 용량이 워낙 작아 그렇게 많은 말을 한꺼번에 저장할 수가 없었다. "비요르켄, 다시 한번 말해줄래요? 내가 이해를 못 했어요."

"그럼, 기꺼이 해주고말고." 비요르켄이 손가락 하나를 치켜들고 연설의 첫 운을 뗐다. "그러니까 역사는……"

그때였다. 별채 오두막에서 망치질 소리가 들렸다.

"이게 무슨 소리야?" 낯짝이 근시가 심한 눈으로 벽을 바라보았다.

"사제 짓이야." 비요르켄이 대답했다.

"다락방에 있는 게 아니었어요?" 라스릴이 물었다.

"별채 오두막. 거기서 나는 소리야." 낯짝이 황급히 자리에서 일어나며 소리쳤다. "젠장, 현문이야! 그걸 열고 뛰어내린 거야!"

폴레손은 돌처럼 굳은 채 별채 오두막 문간에 선 비요르켄보르 주민들을 향해 환한 미소를 보냈다.

"빌어먹을, 지금 여기서 뭘 하지?" 비요르켄이 놀라서 버럭 고함을 쳤다.

"내가 하느님의 명을 받아 지옥의 주전자를 무찔렀소." 폴레손이 이마의 땀을 닦으며 자랑스럽게 부서진 증류기를 가리켜 보였다. "이 장애물이 하늘과 당신 사이를 가로막고 있었소. 그래서 내가 주 그리스도의 전지전능함과 도끼의 힘을 빌려 장애물을 거두고 길을 열었소."

비요르켄은 눈을 감았다. 숨이 콱 막히며 맥이 풀려서 금방이라도 쓰러질 지경이었다. 눈을 감았는데도 시커먼 옷을 입은 저 사내가 도끼를 휘두르는 장면이 생생히 그려져서 도저히 견딜 수가 없었다. 결국 그는 발을 돌려 별채 오두막을 빠져나왔다. 돌아가는 그의 등은 평소보다 더 굽어 보였다.

"사제를 어떻게 하지?" 잠시 후, 낮짝이 식탁에 앉아 물었다.

"꼼짝 못 하게 묶어놔야 해. 저 자식은 미쳤어. 사슬에 묶어서 올슨이 올 때까지 가둬야 해." 이어 비요르켄이 라스릴을 향해 몸을 홱 돌렸다. "역사가 어떤 결과를 낳는지 이제 똑똑히 알겠지? 허튼소리를 지껄이는 저자만 여기 안 왔어도 이런 일은 일어나지 않았을 거야."

"뭐에 썬 건지도 몰라요." 라스릴이 말했다. "사제가 그랬거든요. 누구나 악마에 씰 수 있다고."

"뭐에 씌었든 최악이야. 저 자식은 훌륭한 기독교인이 아니야. 악마의 숭배자지. 지옥의 사제. 그래, 저자랑 딱 맞는 이름이야."

그러나 폴레손 사제가 사슬에 묶이는 일은 영영 일어나지 않았다. 한밤중에 그가 감쪽같이 사라진 까닭이었다. 비요르켄보르의 증류기를 박살 낸 뒤, 폴레손은 모터보트를 훔쳐 타고 로스만에 있는 로이비크와 페데르센의 거처로 갔다. 그러고는 그곳에 도착한 지 채 한 시간이 되기도 전에 여름내 다락에 고이 모셔두었던 증류기를 산산조각 냈다. 로이비크는 이 사실을 알고 폴레손을 뒤쫓다가 페데르센이 실수로 발사한 총에 엉덩이를 맞고 심각한 부상을 입었다.

폴레손 사제는 번개처럼 이곳저곳에 출몰했다. 적을 구슬려 기지마다 다른 증류기 보관소를 찾아내는 그의 기술은 참으로 교묘했다. 더욱이 수리가 불가능할 정도로 증류기를 부순 뒤에는, 적들이 참담한 사건 현장에서 우왕좌왕하는 사이 추격을 피하기 위해 보트마다 연료통을 박살 내고 사라져버렸다.

이 피오르에서 저 피오르로 이동하고 이 기지와 저 기지를 거치는 동안, 정의의 하느님이 자신을 보다 강하게 만든다는 폴레손의 믿음은 점점 커졌다. 그의 행동은 어디서든 거침이 없었다. 자비도 없었다. 결과만 좋다면 어떤 방법이든 정당하다는 믿음 아래 그는 가차 없이 도끼를 내리쳐 증류기를 부수었고, 사람들에게는 주먹을 휘둘렀다.

밸프레드와 한센 중위는 언제나 창고를 가득 채운 채 겨울을 맞이했다. 모두가 알다시피 해가 뜨지 않는 기간에는 밸프레드가 반수 상태로 지내기 때문에 술은 모두 가을이 끝나기 전에 증류를 마치곤 했다.

검은 머리 빌리암은 몇 해 전 술을 제조할 목적으로 아담한 집을 한 채 짓고 '원조 올보르 슈냅스'라는 이름을 붙였다. 낮은 탁자 둘을 붙여 그 위에 증류기를 설치해둔 터였다. 가을 증류가 끝나면 이 탁자에는 그야 말로 다이너마이트 상자가 놓이는 셈이었다. 겨우내 얼 어붙으면 폭발의 위험은 한층 커졌다.

가을은 증류주를 만들기에 더없이 좋은 계절이었다. 태양이 지붕을 달구어 효모의 활동을 돕는 데다, 밤에 해가 지지 않아 오랫동안 일할 수 있었다. 증류기도 최상의 상태를 유지했다. 이 기계는 검은 머리 빌리암의 기막힌 손재주가 탄생시킨 최고의 걸작이었다. 증류 과정도 복잡하지 않았다. 보리 찌꺼기를 가마솥에 넣고 낮은 온도로 가열하면 일정 온도에 이른 솥에서 호루라기 소리가 나며 수증기가 솥에 붙은 나선형 구리 관을 통과하고, 관을 지난 수증기는 25센티미터 너비의 배수구에 모여 액화됐다. 그런 다음 끝이 구부러진 주석 관을 지나며 자연 냉각 과정을 거쳤다. 강물을 끌어 사용하는 냉각수의 온도는 언제나 일정했기에 따로 손을 쓸 필요도 없었다.

폴레손 사제가 해변에 도착한 것은 증류를 마친 술이 이미 집 안으로 옮겨진 뒤였다.

폴레손은 훔친 보트를 핌불 기지 앞 해변에 대며 희열을 느꼈다. 그는 사제의 갑작스러운 등장에 놀란 밸프레드와 한센 중위에게 다정히 인사를 건넨 뒤, 자갈밭에 무릎을 꿇고 앉아 이 흥미진진한 여행을 허락하신 하느님에게 감사의 기도를 올렸다.

중위는 겹겹이 쌓인 구름을 향해 주머니칼처럼 몸을 접은 채 미지의 힘과 대화를 나누는 사제를 바라보며 오한을 느꼈다. 자신은 물론 어느 누구에게도 해를 끼친 적이 없는 사제의 모습에 그런 반응을 보이다니, 한센 스스로도 이해가 가지 않는 상황이었다. 하지만 사제에게는 뛰어난 전술가인 중위마저 긴장하게 만드는 묘한 구석이 존재했다.

폴레손은 상냥한 어투로 집주인들에게 방문 이유를 설명했다. 그는 다른 피오르에도 다녀오는 길이라고, 이제야 사냥꾼들이 주 그리스도의 길에 첫발을 디뎠다고 기쁜 듯 말했다. 자기가 온 뒤로 그린란드 북동부가 새롭게 변하고 있다는 대목에서는 두 눈이 크리스마스 촛불처럼 반짝였다.

밸프레드는 작년에 담근 월귤주를 손님에게 권했지만 폴레손은 극구 사양하며 다른 사람들이 마음껏 마시게 내버려뒀다.

"이 술은 상점에서 파는 여느 독주와 다르군요." 그가 증류주에 관심이 많은 척 불빛에 술병을 비춰보며 말했다.

"당연하지." 밸프레드가 손가락으로 술병을 가리키며 대답했다. "폴레손, 이건 도수가 굉장히 높아. 목구멍으로 넘어가며 톡 쏘는 맛이 아주 그만이지."

폴레손은 다정하게 미소 지었다. "불 조절이 굉장히 중요하다고 들었는데, 어떻게 하면 이렇게 맑은 술을 얻을 수 있죠?"

"아, 불 조절 같은 건 필요 없어." 밸프레드가 재빨리 대답했다. "그냥 두 번 가열하면 되거든. 그다음엔 한 방울씩 천천히 떨어지게 놔두는 거야."

"그래요? 좋은 증류기가 있나 보군요."

"응, 진짜 좋은 걸 가지고 있지." 밸프레드가 손가락으로 자그마한 건물을 가리켰다. "저기 있는 작은 집 보이지? '원조 올보르 슈냅스'라는 곳이지. 저기서 매년

술을 증류해."

폴레손 사제는 밸프레드를 마주 보며 큼지막한 양손을 비벼댔다. 그는 그린란드 북동부에서의 투쟁 역시 자신의 승리로 끝나리라 확신했다. 저 증류기만 없애면 복음의 전파는 식은 죽 먹기일 터였다. 핌불과 하우나, 톰슨곳의 절망한 사냥꾼들을 한곳에 모아놓고, 저속한 생각을 정화시키고 베슬 마리호에 오르기 전에 고해성사만 하게 되면 되었다. 폴레손은 의자에서 일어나 스스로의 위대함을 만끽했다. 하느님이 보우하사 모든 일이 그의 뜻대로 진행될 것이었다. 그러나 한 가지, 그가 간과한 것이 있었다. 바로 하느님께서는 비루한 양들에게도 자비를 베푼다는 사실이었다.

폴레손은 사냥꾼들에 대해 많은 것을 알지 못했다. 밸프레드네 식탁에 앉았을 때, 그는 근거 없는 안도감을 느꼈다. 믿음에만 눈이 멀어 사냥꾼들이 비상사태에 얼마나 빠르고 효율적으로 대처하는지는 안중에도 없었다. 그가 썰물에 실려 보낸 보트가 적어도 여섯 시간 뒤에는 출항이 가능해진다는 사실도, 반나절이면 망가진 보트의 수리가 끝난다는 사실도 알지 못했다. 그 시각, 사냥꾼들은 부서진 기름 탱크의 수리를 마치고 모터에 찬 소금물을 퍼내고 있었다. 그리하여 당일 저녁에는 보트들이 작은 함대를 이루며 핌불을 향해 추격을 시작할 수 있었다.

비요르켄보르 주민들은 폴레손이 보트를 훔쳐 간 탓에 추격 작전에 합류할 수 없었다. 비요르켄은 노발대발했고, 며칠 동안 고민한 끝에 죽기 살기로 커다란 뗏목을 만들기 시작했다. 뗏목을 타고 나발해협을 건너 핌불로 가거나, 아니면 하우나의 오두막으로 갈 생각이었다.

곧 폴레손이 느낀 안도감이 얼마나 근거 없는 것이었는지 밝혀지기 시작했다. 배 두 척이 벌써 벨라해협을 최고 속도로 지나치는 중이었고, 비요르켄보르 주민들도 조약돌 언덕에 뗏목을 댔으며, 헤르베르트와 안톤 역시 지름길로 암초를 헤치고 와서 핌불 피오르에 도착한 터였다. 볼메르센과 백작 또한 불길한 침묵 속에 죽은 자들의 만을 지나고 있었다. 그들은 사제가 온실의 포도나무와 담배에 저지른 신성모독 행위에 큰 충격을 받은 상태였다.

폴레손 사제는 인내심을 발휘해 중위와 밸프레드가 코를 골 때까지 기다렸다. 두 사람의 코골이가 안정기에 접어든 것을 확인한 다음, 그는 슬그머니 밖으로 나갔다. 그러나 한센은 살면서 뒤통수를 맞아본 적이 없는 사내였다. 그는 집을 나서는 사제의 뒤를 몰래 밟았다. 폴레손은 놀랍게도 바위 옆에서 조용히 흔들리는 보트를 향해 걸어가고 있었다.

중위는 커다란 바위 뒤에 몸을 숨긴 채 히스를 한 다발 뜯어 머리 위에 얹고는 적을 염탐하기 시작했다.

폴레손은 보트에서 큼지막한 도끼를 꺼내 들더니 '원조 올보르 슈냅스'를 향해 나아갔다. 사제가 흥얼거리는 시편의 한 구절이 중위의 귓가를 스쳤다.

중위는 전사였다. 여태까지는 사제에 관해 아무런 적대감도 느끼지 않았지만, 그 순간 상황이 달라졌다. 그는 이제 중위의 적이었다. 발길질로 증류소 문을 여는 폴레손의 모습을 확인한 순간, 한센은 그를 적의 대열에 끼워 넣었다. 바위 뒤에 숨어 있던 그는 알겠다는 듯 고개를 끄덕였다. 그리고 바로 다음 순간, 커다란 폭발음이 울렸다. 그가 낮은 탁자 위에 얼어붙은 채 잠들어 있을 다이너마이트를 미처 떠올리기도 전에 벌어진 일이었다.

한센의 시선이 대기 중으로 옮겨졌다. 그가 가장 먼저 본 것은 묵직하니 비교적 느릿느릿하게 날아가는 지붕이었다. 이어 두 번째 폭발음이 들렸고, 이번엔 폴레손이 새해에 쏘아올린 불꽃처럼 검정 프록코트 자락을 펄럭

이며 허공으로 솟구쳤다. 증류기는 산산조각이 났고, 다이너마이트 상자가 흙과 조약돌과 함께 사방으로 흩어졌다.

폭발음에 잠을 깬 밸프레드가 침대를 빠져나왔다. 현관문을 열자 '원조 올보르 슈냅스'를 향해 달려가는 중위가 보였다.

"하느님 맙소사, 이게 무슨 일이야?" 등나무 신발을 꿰어 신고 폐허로 달려온 밸프레드가 중위에게 물었다.

한센은 고개를 흔들며 성직자의 영혼을 가둔 길쭉한 몸을 가리켰다. "폴레손이 꽁꽁 얼어붙은 다이너마이트를 도끼로 찍어버렸어."

밸프레드는 이해가 안 간다는 표정이었다.

"빌어먹을! 대체 왜 그랬대?"

"내가 상자에 '술'이라고 적어놨거든. 왠지 그래야 할 것 같다는 생각이 들어서."

"한센, 이유 없는 생각은 없어." 밸프레드가 폴레손 주위를 한 바퀴 돌았다. "그래도 썩 괜찮은 설교사였는데 안됐네. 별로 귀찮게 굴지도 않고, 우리의 증류기에도 관심이 많았잖아."

"맞아, 그랬지." 중위가 대답했다. "바로 그 관심 때문에 위험에 빠졌고. 밸프레드, 폴레손은 처음부터 증류기를 노렸어. 피오르에 나타났을 때부터 느낌이 왔지."

"말도 안 돼……!" 밸프레드가 놀란 눈으로 중위를 바라보았다. "어떻게 그런 생각을 할 수 있지? 도저히 믿을 수가 없네." 그가 고개를 흔들며 잠시 생각에 잠겼다가 말을 이었다. "그런데 네 말대로 뭔가 좀 이상했던 것 같긴 해. 어쨌든 폴레손은 이곳에 필요한 사람이 아니었어. 눈에 보이는 모든 게 이렇게 다 신성한데 하느님이 더 필요할 리 없잖아?" 밸프레드가 손을 들어 피오르를 가리켰다. 개들의 섬 아래로 보트 두 척이 들어서고 있었다.

한센 중위는 잔해에서 선교사를 끌어내 히스밭에 눕혔다. 그런 다음 놀라서 미처 감지 못한 망자의 두 눈을 감기고, 두 손을 넓은 가슴팍 위에 포개놓았다.

"밸프레드, 무슨 말이든 해줘야 하지 않을까? 프레데리시아 병영에서 이럴 때 사용하는 문구가 있는데, 그거 말고는 생각나는 게 없네."

"그래? 어서 해봐." 밸프레드가 격려하듯 말했다.

"아냐, 지금 상황이랑은 안 어울리는 것 같아."

"뭐든 하는 게 안 하는 것보다 나은 법이야. 언제나 그렇지. 그러니까 얼른 읊어."

한센 중위는 엄숙한 표정으로 모자를 벗어 들고 차

렷 자세를 했다. 이어 핌불산 정상을 향해 콧등을 치켜
든 채 오래된 노랫말을 읊조렸다.

　안타까워라 죽은 이들이여,
　다시는 돌아오지 못하니.
　그러나 그들의 무덤 위로
　새로운 생명이 태어난다네.

　밸프레드가 고개를 끄덕였다. 어느새 피오르 너머 줄
줄이 들어서는 모터보트들을 바라보며 그가 눈물을 훔
친 뒤 입을 열었다.

　"정말 아름다워, 한센. 지금 이 순간에 딱이야."

북극 허풍담 4

지옥의 사제

초판 1쇄 인쇄 2022년 4월 15일
초판 1쇄 발행 2022년 4월 25일

지은이 요른 릴
옮긴이 지연리
펴낸이 정중모
펴낸곳 도서출판 열림원

출판등록 1980년 5월 19일(제406-2000-000204호)
주소 경기도 파주시 회동길 152
전화 031-955-0700
팩스 031-955-0661   페이스북 /yolimwon
홈페이지 www.yolimwon.com   트위터 @yolimwon
이메일 editor@yolimwon.com   인스타그램 @yolimwon

주간 김현정   마케팅 홍보 김선규 최가인
편집 조혜영 황우정 최연서   온라인사업팀 서명희
디자인 강희철   제작 관리 윤준수 이원희 고은정 원보람

ISBN 979-11-7040-089-9 04850
       979-11-7040-057-8 (세트)